「ゆうくん……
リアル幼女は
ちょっといただけないわ」
雄一は正座させられていた。
それをローテーブルを挟んで向か
い側に座る、姉と妹が見つめている。
第二章【十月二週目】ひのえんま
姉《ちゃん》は中二病
最強な弟の異常な日常!?
5

およそ千人。その全てがキングの私兵だった。

　目的は馬鹿馬鹿しいことに坂木家の襲撃であるらしい。

「気楽に言ってくれるよなぁ」

　雄一は足下に置いてあった棒を拾い上げると立ち上がった。

坂木雄一
さかきゆういち
主人公。地上最強の弟。
坂木依子
さかきよりこ
雄一の妹で極度のブラコン。けっこう強い。

「お兄ちゃん、私のために頑張って！」
妹
姉ちゃん
「一人残らずぶっ倒してきて！」
坂木睦子《さかきむつこ》
雄一の姉でサバイバル部の部長。特殊武術に詳しい。
第六章【十一月一週目】もてもてよりちゃん

姉ちゃん
「なんなの！
いつもいつも屋上にばかりいて！
そんなに屋上が好きなの!?
だったら屋上と結婚したら
いいんじゃないの！」
第七章【十一月二週目】幽霊
突然の声に雄一は振り向いた。屋上の入り口前に睦子が立っている。どういうわけか白い小袖に緋袴といった巫女のような格好をしている。

姉ちゃんは中二病5

最強な弟の異常な日常!?

藤孝剛志

HJ文庫
571

口絵・本文イラスト　Ａｎ２Ａ

目次

プロローグ　女子高生ラノベ作家の憂鬱《ゆううつ》は続くよ、どこまでも

「あの……どういったご用件でしょうか？」

担当編集者からの電話に織原加奈子《おりはらかなこ》は戸惑《とまど》った。

深夜、ベッドの上でのんきに携帯電話を操作していると、着信音が鳴り始めたのだ。まさかこんな時間に、しかも出版社から電話があるとは思ってもいなかった。

加奈子が本を出《だ》している出版社は、式谷真希那《しきたにまきな》が加奈子を作家に仕立て上げるためだけに立ち上げた会社だ。真希那の計画が潰《つい》えた今、加奈子の作家生命は断《た》たれたとばかり思い込んでいた。

『え？　どういったご用件って……冗談《じょうだん》きついですよ、織原先生。原稿《げんこう》の話に決まっているじゃないですか』

「その……もう私の本は出ないのかと思って……」

加奈子は何も書いていなかった。電話がかかってくるまでは携帯電話で雄一《ゆういち》の写真を眺《なが》めていたのだ。最近はこんなことばかりをやっていた。

『ええ!? なんでそうなっちゃってるんですか? 私そんなこと言いましたっけ? ……その、非常に嫌《いや》な予感がしているんですが……信じたくはないんですが……もしかして書いていらっしゃらないんでしょうか?』

「はい……」

最近まったく連絡《れんらく》がなくなっていたが、もうどうでもいいと開き直っていた。なりたくてなった作家ではあるが、延々と続く重圧から解放され、すがすがしい気分でもあったのだ。

『あー、その、催促《さいそく》ばかりするのもなんですし、ご連絡をお待ちしてたんですが……』

いくら待っていても無駄《むだ》だろう。加奈子はまったく書いていないのだから。

『もう十一月刊行は絶対無理ですんで、延期しましょうというお話をするつもりだったんですが……これ、一月延ばしたぐらいじゃどうしようもなさそうですね……どうしたもんでしょう……』

受話器の向こうから途方《とほう》にくれたような声が聞こえてくる。加奈子は急速に現実へ引《ひ》き戻《もど》されつつあった。

真希那がいなくなったとしても、一度立ち上げられた会社は存続しているのだ。そんなあたり前のことに今さら気付く加奈子だった。

「じゃあ、途中《とちゅう》まで書いていた『大魔王』の２巻はどうですか？　あれならすぐにできると思うんですけど」

加奈子の処女作は『俺《おれ》の大魔王が可愛《かわい》すぎて倒《たお》せないから世界がヤバイ！』、略称《りゃくしょう》は『大魔王』だ。１巻が好評とのことで、２巻の原稿を進めていたのだが、出版計画は白紙に戻っていた。だが２巻が取りやめになったのは真希那の計画のためだ。今なら大丈夫《だいじょうぶ》なのではと加奈子は考えた。

『あぁ……それがですね。やはり織原さんには新作を書いてもらいたいということなんですよ。いえ、２巻を出さないということではないんですよ？　ただもう少し時期を遅《おく》らせたいということでして……』

編集者の歯切れは悪かった。編集者自身にもなぜそうしなければならないのかはわかっていないのかもしれない。

「わかりました。じゃあ『半分だけ異世界教室』の方を進めればいいんですね？」

こちらは『大魔王』２巻が白紙に戻ったことで、急遽《きゅうきょ》進めることになったプロットだ。

『すみません。大変申し訳ないんですが編集会議の結果、そちらもボツということになりまして……』

普段《ふだん》あまり声を荒《あら》らげない加奈子だが、これには怒鳴《どな》りたくなってしまった。ただ、本当に編集者は申し訳なさそうにしていたので、加奈子は少し冷静になった。

『そのですね、新しくプロットから考えて頂けないでしょうか？　その代わりといっては なんですが、締《し》め切《き》りは二ヶ月延ばしますので』

加奈子の頭は真っ白になっていた。気が付けば電話は終わっていて、携帯電話はベッドに放り出してある。

「けどどうしよう……新しいのって言われても……」

プロットはいくつか提出してあるが、それでは駄目《だめ》だということなのだろう。

加奈子はすぐに気持ちを切り替えることができず、ベッドに寝転《ねころ》がったまま天井《てんじょう》を見つめ続けていた。

＊＊＊＊

十月初旬《しょじゅん》、星辰高校《せいしんこうこう》の制服が冬服になって数日後の放課後。坂木《さかき》雄一はサバイバル部の部室にやってきた。

雄一が部室のドアを開ける。

すぐに栗色《くりいろ》のふわりとした髪《かみ》が印象的な、おっとりとした雰囲気《ふんいき》の少女が目に入った。

副部長の織原加奈子だ。

頭上には『ヒロインⅢ』の文字が浮《う》かんでいる。

雄一にはソウルリーダーという特殊《とくしゅ》な能力が備わっていた。春頃《はるごろ》から人の頭上に文字が見えるようになったのだ。文字はその人物の世界における役割をあらわしているらしい。

加奈子は部室に入ってきた雄一に気付いていないようだった。机の前に座《すわ》り、俯《うつむ》いたまま何やら考え込んでいるように見える。

「あの……大丈夫ですか？」

あからさまに沈《しず》んだ様子の加奈子が心配になり声をかけた。

「雄一くん……」

雄一の声に反応して加奈子が顔を上げる。大丈夫なようにはとても見えなかった。目の隈《くま》がひどい。寝不足《ねぶそく》が見て取れた。

「織原さん、いったい……もしかしてまた何か……」

雄一が想像したのは、まだ加奈子の事件は解決していないのではないかということだ。

加奈子は一時期『異世界作家』となっていた。その力を利用しようとする輩《やから》がまた現れる可能性はある。

雄一は話をするべく、加奈子の対面に座った。

「どうしよう……小説を書かないといけないの！」

加奈子が珍《めずら》しく声を荒らげる。随分《ずいぶん》と切羽《せっぱ》詰まっている様子だった。

「織原さんは小説家ですし、小説を書くのは当たり前な気がするんですけど？」

雄一はもっともな疑問を口にする。小説家は小説を書くものだ。

「けど、なんか前にもこんな話をしましたよね……またネタに詰《つ》まってるとかですか？」

雄一は少し前に喫茶店《きっさてん》で加奈子と話し合ったことを思い出していた。

「簡単に言ってしまうとそうなんだけど――」

そこまで言って加奈子が固まった。口を開けたままぽかんとしている。

人の気配を感じた雄一は振《ふ》り返《かえ》り、予想外の人物の登場に驚《おどろ》いた。

眼鏡をかけた長身の美女、式谷真希那が部室の入り口に立っていたのだ。

「お前！」

まさか再び姿をあらわすとは思ってもみなかった。

式谷真希那は明確な敵だ。疑う余地は微塵《みじん》もない。雄一は即座《そくざ》に立ち上がり戦闘態勢に入った。

真希那は少し前に、学校を舞台《ぶたい》にした大規模な事件を巻き起こした。加奈子を利用して学校を異世界化し、閉じ込めた生徒たちに殺し合いをさせようとしていたのだ。

「そう殺気立たないでくれないか？　相変わらず教師に対する態度が不遜《ふそん》だな」

真希那が肩《かた》をすくめる。まるで、雄一がわがままな子供だとでも言いたげな態度だ。

「お前を教師だなんて認めてねーよ！」

「そう言われてもな。私は野田山《のだやま》先生の代理なわけで、必然的にこの部の顧問代理でもあるのだが」

実に当たり前のように言う真希那の頭上に文字は浮かんでいない。真希那はアウターと呼ばれる世界の外側の存在で、彼女《かのじょ》らにソウルリーダーは通用しないのだ。

「あれから学校にきてなかったじゃねーかよ！」

真希那はあの事件の後、学校から姿を消した。てっきりそのまま去っていったとばかり思っていたのだ。

「君にやられたことがショックでな。しばらく休暇《きゅうか》を取らせてもらった。そう聞いてはいなかったか？」

「休むとは聞いたけど、そりゃ、お前らアウターのつじつま合わせだろうが！　復帰するなんて思ってねーよ！」

複数の世界観が合わさった状態で大勢の人間に影響《えいきょう》するような事件が起きた場合、最終的には一番優位な世界においてありえそうな形でつじつまが合うようになっている。

姉の睦子《むつこ》が世界の修正力などと勝手に呼んでいる現象で、真希那が休んでいるのもてっきりそういうことだとばかり雄一は思っていた。

「どう思おうと君の勝手だが、この調子ではろくに話もできないな」

いきりたつ雄一に対して、真希那はどこまでも冷静だ。

我を忘れかけていた雄一だが、加奈子が怯《おび》えている気配を感じて冷静になった。幸い一度は倒した相手だ。再戦したとしてもどうにかなるだろう。

「よく顔を出せたもんだな……」

あんな目に遭わされた後に、遭わせた張本人に会おうだなどと雄一ならとても思えない。

「本来ならもっと早くくるべきだったと思うんだがな。心の整理をつけるのに今までかかってしまったんだよ」

「で、何しに来た」

真希那は敵だ。それははっきりとわかっている。だが殺気は感じなかった。少なくとも現時点では敵対するつもりはないらしい。

「話を、聞いてはもらえないだろうか」

「……一応言ってみろ」

少し考えて雄一は言った。

こんな奴《やつ》の話を聞く必要はないし、追い返してもいい。だが、わざわざやってきて何を言うつもりなのか？　多少の興味はある。

「私は織原加奈子くんにしたことを悪かったなどとは思っていないし、今までの私の行いを振り返ってもそれが悪かったとは思えない。もちろん善悪の判断がつかないというわけではなく、客観的に見てそれが悪に類する行動だというのは承知している。もし精神鑑定を行えば十分に責任能力を持っていると判断されることだろう。だから私は反省などまるでしてはいないのだが、だからといってそのままというわけにはいかない。なぜならそれでは君の理解が得られないからだ。なぜ君の理解が必要かといえば私は君に恐怖し続けているからだよ。恐怖に対する人の反応は様々だろうが大別するならそれは克服《こくふく》するか服従するかとなる。まず私はこの恐怖を克服するべきだと考えた。当然だろう、最初から恐怖に屈《くっ》することを考えたりはしない。だがそれは無理だった。坂木雄一、君に立ち向かい打ち勝つところなどまるで想像ができなかったのだ。あの時のことを思い返すだけで、身は縮こまり、震《ふる》え、動けなくなる。幾度《いくど》かそれを繰り返した挙げ句、私はこの恐怖を克服するのは無理だと悟《さと》った。ならば服従しかない。通常ならそれは屈辱的《くつじょくてき》なことだ。他者の支配下におかれその言葉を絶対とし頭《こうべ》を垂れるのだからな。だがどうだ？　服従を選んだ途《と》端《たん》に私の心は歓喜《かんき》で満たされているではないか。それは恐怖が極大だったからだ。だからこそ、その強大な存在に従うと決めたことで私は安寧《あんねい》に包まれた。深い幸福感で満たされたのだ。そう、私は支配されたかったということだ。私はここまで永く生きていながら自分の本質をまるで理解してはいなかったのだ！　そして、そうとわかれば話は簡単だ。私は支配されればいい。だがそうは言っても服従者である私が勝手に支配されていると思い込んだところで意味は無い。そこには支配者側の承認《しょうにん》が必要だろう。つまり坂木雄一！　君が私を支配しているという関係性が必要なのだ。だからこそ君の理解を得るために私は反省しなくてはならない。これまでの行いを謝罪し、懺悔《ざんげ》し、悔《く》い改《あらた》めねばならない。だがどうだろう。心の底からその行いを悪いと思えないのに表面上謝罪することに意味があるのだろうか？　それは実に不誠実な行いではないか」

「うぜぇ！」

雄一は真希那に対する怒《いか》りよりも、鬱陶《うっとう》しいという思いでいっぱいになった。

「もちろん表面的とはいえ、謝罪のポーズが必要だということもわかっている。だが、客観的に考えて私の織原加奈子くんへの仕打ちが、ただ謝意を口にする程度で済むとは到底《とうてい》思えない。土下座をしたところで大した意味はないだろう。ならば指でも詰めるか？　腕《うで》の一本も潰《つぶ》せばいいのか。それこそ命を差し出し――」

「やめろ！　軽々しく命とか言ってんじゃねぇ！」

すると真希那はぴたりと黙った。

雄一は混乱していた。真希那の言葉はおそらく真実だ。嘘《うそ》ではないと直感的にわかる。だが、なぜそんなことを言い出すのかがまるでわからない。

「謝《あやま》りたいならごちゃごちゃ言い訳してんなよ。許してもらえるかどうかは知ったことじゃねーけど、まずは素直《すなお》にごめんって謝れ！」

「そうだな。言葉を飾《かざ》りすぎるのは私の悪癖《あくへき》だ。織原加奈子さん。すみませんでした。ごめんなさい」

真希那は加奈子に向き直ると腰《こし》を折り、折り目正しく謝罪の言葉を口にした。

加奈子は目を白黒させ、あたふたとしていた。どう返せばいいのかわからないのだろう。

「あの……顔を上げてください」

おろおろとしていた加奈子だが、しばらくして落ち着いたのかそう促《うなが》した。真希那もそれに応《こた》えて面をあげる。

「その……そもそも私はあなたに何かされていたっていう実感はなくて……でも、たとえ私の人生があなたに誘導《ゆうどう》されていたとしても、あなたが薦《すす》めてくれたあの本を面白《おもしろ》いと思ったのは本当だし、それをきっかけにたくさんの本を読むようになって、それで物語を紡《つむ》ぐことを目指したのは私が選んだことであって……そのこと自体を私は後悔《こうかい》していないし……今の私を否定するわけじゃくて……だから……まだ実感できていないだけで、これから私は苦しんだりするのかも知れないんですけど……謝るのなら私がそうして欲《ほ》しくなってからにしてください」

途切れ途切れの言葉にまとまりはないがそれが今の加奈子の本心なのだろう。

真希那に対する憤《いきどお》りはまだあるが、加奈子がそれでいいなら、二人の関係に雄一があれこれと言うことでもない。

「さて、これで一区切りがつき、今後私は君の支配下におかれるということでいいか？」

真希那が雄一へと向き直る。

「よくねーよ！」

「わかりづらかったか？　僕《しもべ》ということでも、奴隷《どれい》ということでもいいんだが」

「先生を奴隷にしてるとか凄《すさ》まじく人聞きがわりぃな！」

「それなんてエロゲ？　ってやつね！」

唐突《とうとつ》にそんな言葉が部室に響《ひび》き渡《わた》る。全員が声の出所、部室の入り口を注目した。

そこには腰に手を当てて堂々と胸を張った睦子が立っていた。

頭上の文字は『姉ちゃん』。目鼻立ちのはっきりした美人で、長い髪にスレンダーな体形をしている。文字通りに雄一の姉で、サバイバル部の部長だ。

「この状況《じょうきょう》を見てまず言うことがそれかよ！」

睦子にはまったく驚いているようなそぶりがない。ついこの間、戦ったばかりの敵がのこのことやってきているというのに、実にマイペースないつもの睦子だった。

睦子の背後には愛子《あいこ》と奈月《なつき》もいる。途中で合流してきたのだろう。

小柄《こがら》で愛嬌《あいきょう》のある顔立ちなのが野呂《のろ》愛子。頭上の文字は『ヒロイン』だ。吸血鬼《きゅうけつき》の家系で最初は文字もそうだったのだが、攫《さら》われたところを助けにいって以来、文字はこうなっている。

少し背が高く、冷たい目つきをしているのが武内《たけうち》奈月で、文字は『ヒロインⅡ』だ。こちらは最初『殺人鬼《さつじんき》』だったのだが、雄一との決闘《けっとう》で負けた後はなぜかこうなってしまった。

「大した脅威《きょうい》でもないいんじゃないの？　一度勝ってる相手なんだから。特に強化フラグが立ったわけでもないし！　再生怪人が勝てた例《ため》しなんてないのよ！」

「言ってくれるじゃないか坂木睦子。だがその通りだ。私では君たちに勝てないというのは十分に承知している。もう敵対するつもりはないんだ。だからそう睨《にら》み付《つ》けるなよ、坂木雄一くん」

真希那は部員が新たに現れても余裕《よゆう》の態度だった。やはり敵意は感じない。

「お前なんか信用できるか！」

雄一の気持ちはその一言に尽《つ》きた。今は敵対していなくとも、これほど信用できない人間もそうはいないはずだ。

「それについては大丈夫だ。私も今すぐに信頼《しんらい》を得られるとは思っていない。信頼とは一朝一夕《いっちょういっせき》で築かれるものではないからな。なのでゆっくりと私の有用性を示していくほかないだろう。そうだな。とりあえずは、こんな小娘共の身体《からだ》とテクニックでは得られないような至高の快楽を提供できるがそれでどうだろう。公《おおやけ》には出来ない口憚《はばか》るような、ドス汚《よご》れた欲望を私にぶちまけるといい。私はその全《すべ》てをこの身で受け止め、どのような性癖《せいへき》にも完璧《かんぺき》に応えてみせようじゃないか。その為《ため》なら私は肉体改造も厭《いと》わない。穴の一つや二つ増やしてみせよう。貧乳にするのも可能だが、元に戻すのは難しいから、そこは慎重《しんちょう》に考えてくれ。あぁ、もちろん不可逆的な改造を拒否《きょひ》するわけではないから勘違《かんちが》いはするなよ。さすがに幼女になれと言われた場合は困るが、それでも調達してくることは可能だ。完璧な洗脳と調教を施《ほどこ》した上で連れてきてやる。私で満足できないと言うなら残念だがやむをえない。他にはそうだな。君はアウターを全員ぶちのめすと言っていた。その手助けをしてやろう。ああは言ったがどうすればいいのかなどわかっていないのだろう？　私がいればそれも随分と捗《はかど》るはずだ。アウターを全て坂木雄一のもとにひれ伏《ふ》させ、肉奴隷にしてやろうじゃないか。そう言えばもにかくんの代理人をやっていたのだったな。邪神《じゃしん》の身体集めか。それについても協力しよう」

一息に吐き出される言葉の羅列《られつ》に雄一は気圧《けお》された。言葉の端々《はしばし》から滲《にじ》み出《で》る狂気《きょうき》が雄一に危機感を覚えさせる。こいつを野放しにはしておけない。強くそう思わされた。

「支配はともかくとして……俺の言うことは聞くんだな？」

真希那に対しては怒りも憤りもある。加奈子にしたことは許せないし、許してはいけないとも思っている。だがそれでも雄一は真希那を殺さなかった。ならば今後、真希那のしでかすことの責任の一端《いったん》は雄一にもあると言えるだろう。

「あぁ。どのような命令にも従おう」

「どこかで人知れず、誰《だれ》にも迷惑《めいわく》をかけずにおとなしくしていろと言えばそうするのか？」

「そうしよう。だが、どうやってそれを証明すればいい？　君が心配しているのは、私が今後も今までと同じようなことをしないかどうかだろう？　わずかな疑義も残さず、完全に私に悪事をやめさせたいならば、確実な手段は君がその手で私を殺すことだと思うが？　もちろん君が私を殺すと言うならば今さら抵抗《ていこう》はしない。喜んで殺されようじゃないか」

「それは……お前を目の届く所に置いておけということかよ？」

「そのとおりだ。私は信用できない。だが、殺すこともできない。ならばそうするのが妥《だ》当《とう》だろう？」

見透《みす》かされている。たしかに今さら真希那を放っておくことはできなかった。

「今後能力は一切《いっさい》使うな」

「いいだろう」

雄一の言葉を聞いた真希那は満面の笑《え》みを浮かべた。渋々《しぶしぶ》ではあるが妥協《だきょう》したとわかったのだろう。

「善悪の判断はつくと言ってたよな？　だったら一般的《いっぱんてき》な社会常識に照らして悪いことはするな」

「了解《りょうかい》した。今後はごく普通《ふつう》の高校教師として振る舞おう。ただ私は出版社の社長をやっていてな。これも厳密に解釈《かいしゃく》すれば公務員としてはまずいんだが？」

「別にそういうことを問題にしてるんじゃねーよ。わかるよな？」

雄一は、アウターとして人の人生を弄《もてあそ》ぶことを悪行だと考えている。公務員の副業などどうでもいい。

「もちろんだ。私の目的は君に嫌《きら》われないことだからな。曲解するつもりはない」

「お前が今進行中の計画があるなら全てやめろ。そしてその計画で迷惑を被《こうむ》った全ての人にできる限りのフォローをしてくれ」

「すでに計画は全て中止しているし、最大限の保障は行っている。今後もできる限り努力することを約束しよう」

「野田山先生はどうするんだよ?」

退院して自宅療養中だと雄一は聞いていた。近々学校に戻ってくるらしい。

「それなんだがな。少し悩《なや》ましい。野田山先生と幼なじみを復縁《ふくえん》させればいいのか、それともきっぱりと諦《あきら》めさせて前を向かせればいいのか……。野田山先生にとって一番いい形に落ち着けたいとは思うのだが」

そう言われてもどうすればいいのか雄一にはわからない。

「それは様子を見ながら慎重にやってくれよ」

今思いついたことは全て言った。どこまで従うのか信用できたものではないが、当面は様子を見るしかないだろう。

「ところで……皆《みな》立ちっぱなしというのもどうかと思うんだがな。とりあえず座らないか?」

睦子たちは入り口で突《つ》っ立《た》ったまま、雄一と真希那のやりとりを見守っていた。雄一はいつまでも喧嘩《けんか》腰《ごし》の態度もないかと思い、腰を下ろした。

「来た早々に何がなんだかって感じなんだけど」

右隣《みぎどなり》に座った愛子がわけがわからないという様子で聞く。

「俺もいまいちわかってねーよ」

奈月は雄一の左隣に座った。表面上はなんとも思っていないようにも見えるが、内心はわからない。奈月は真希那にこっぴどくやられているからだ。

「倒した相手が起き上がって仲間になりたそうにこちらを見る、魔物使いの才能が坂木くんにはあるのでは？」

「そんな才能いらねーよ！」

いつもは無表情な奈月が呆《あき》れたように言い、癪《しゃく》に障《さわ》った雄一は言い返した。

「茨木《いばらき》くんに武内さんに式谷先生。あと、小西《こにし》さんもかな？　言われてみるとそんな気も」

「野呂……やなこと言うなよ……」

その流れなら愛子の兄、野呂京夜《きょうや》まで仲間になりそうな気がしてくる。別に京夜が嫌いというわけでもないが、なんとなく嫌だと思う雄一だった。

真希那は部活にこのまま参加するつもりなのか、雄一の斜《なな》め前《まえ》、加奈子の隣《となり》に座った。

睦子はいつものようにホワイトボードの前に陣取《じんど》ったが、特に何をするでもなく部員たちを見ている。雄一はそれならばと、真希那と話の続きをすることにした。

「アウターを倒すのに協力するって言ったよな？　そいつらの居場所は知ってるのか？」

「知っていた、だな。裏切り、と言えば語弊《ごへい》があるか。私はあいつらと協力関係にあったわけではないし、アウター間のつながりは緩《ゆる》い。だが私が君の側に付いたことはすでに知っているだろうし、もう以前の巣にはいないはずだ。それでもよければ教えるが」

「何か手がかりがあるかもしれないし、一応調べてみるか。神器については何かわかるか?」

具体的に何を聞けばいいのかがわからず、曖昧《あいまい》な聞き方になったが、雄一やもにかよりは真希那の方が何か知っていそうだ。

「そうだな。神器の所在地は共鳴で判明するんだが……適合者がいないんだよな?」

「もにかが持ってるのは目玉が二つで、それは使用済みってことだな」

神器はヒトに類する者に寄生させて使用する。そして一度寄生すると他の者には使えなくなるのだ。これを使えるようにするには、適合者を殺せばいいのだが、それはもにかも雄一も受け入れがたかった。

「左眼《ひだりめ》を渡してくれれば、あいつに使わせてもいいな。ほら、夏休みに君が半殺しにした奴だ」

「夏休みに半殺しにした相手か……」

思い返してみればそんな相手は山のようにいる。

「以前にも同じようなやりとりをしたが、君は血の気が多すぎないか？」

「向こうからやってくるんだから仕方がねーだろ！」

「前にも言ったがトラックで突っ込んできた奴だよ」

「あぁ！　そういや手下だって言ってたな」

雄一はその男と夏休みに戦っている。『不死者』を冠《かん》する巨漢《きょかん》だ。

「あいつ何者なんだよ？」

今更《いまさら》のように疑問に思う雄一だった。もにかは起源不明の妖怪《ようかい》だと言っていたが、不死身の妖怪に心当たりはない。

「あいつは枕返しの亜種《あしゅ》だが、そのあたりの説明は長くなる……あぁ駄目だな。あいつは生きる気力を失って、ほとんど生ける屍《しかばね》だ。まともに会話ができるかどうかも怪《あや》しい」

生ける屍になったと言われても、雄一は同情する気になれなかった。あの男は無関係な人間を殺しすぎているからだ。

「ま、神器の所在についてはいくつか心当たりがある。調べておくからしばらくはのんびり構えてろ」

「のんびりって……いつ共鳴があるかわからないし、こっちには共鳴を知る手段がないんだぞ？」

「それなら大丈夫だ。しばらく共鳴はない。おそらくだがな。なんと言うのか。そう、ネットスラングで言う希《まれ》によくあるという状態だよ。共鳴は一度始まるとしばらく続くんだが、止まるとしばらくは止まりっぱなしだ。これまでの傾向《けいこう》から、共鳴にパターンがあることはわかっている。そうだな、後一月か二月ほどは大丈夫だろう」

「共鳴がわからないのに、そんなことわかるのかよ？」

「アウターだからな。共鳴そのものはわからなくとも、物語の進行状況はなんとなくわかるんだよ」

真希那の言葉は嘘ではないようだった。

邪神や神器のことを完全に忘れるわけにはいかない。だが、常に気を張り詰めていることに比べれば、それがわかっているだけでも随分とましだろう。

「だったら、しばらくは何事もない、ごく普通の日常を過ごせるってことだよな？」

雄一は確認《かくにん》するように聞いたが、真希那は押《お》し黙《だま》った。

「おい、不安になるだろ。なんかあるってのか？」

「ソウルリーダーというのは人の身には余る代物《しろもの》なんだよ。アウターでもないただの人間が余計なモノを見られるようになったら不要なトラブルに巻き込まれるようになる。身に覚えは十分にあるだろう？」

るんだけどな」

「そりゃな。けど、それがわかったから変な奴等《やつら》には出来るだけ関《かか》わらないようにはして
「ご苦労なことだが、無駄なあがきでしかないな。ソウルリーダーで見ることで、君を中心に世界観は混ざり合う。それは見れば見るほど混沌《こんとん》と化していくだろう。時間が経《た》てば経つほどそれは加速していく。君にとってソウルリーダーを捨て去ることは最優先事項だと思うがな」

「でも、それはもにかかにどうにかしてもらうか、邪神の願いだかってのに頼るしかねーんだろ？」

「ま、それは邪神が本格的に動きだしてからのことだろう。それまでは、何かと事件に巻き込まれることも多くなるかもしれないが、ま、どうにかやりすごしてくれ」

これまでもおかしな事件には巻き込まれまくっている。今さらそんな忠告をされても大した意味は無いと雄一は思っていた。

だが、やはり真希那の言うように、雄一の周辺はやや様変わりし始めるのだった。

第一章　【十月一週目】ラノベ会議

放課後。サバイバル部の部室にはいつものメンバーがそろっていた。

部長の睦子《むつこ》はホワイトボードの前に立っている。

副部長の加奈子《かなこ》、部員の雄一《ゆういち》、愛子《あいこ》、奈月《なつき》はホワイトボードの前に設置してあるテーブルに着いていた。

顧問の式谷真希那《しきたにまきな》は、少し離《はな》れたところに椅子《いす》を置いて座り、全体の様子を眺めるようにしていた。

「あの、少しいいですか、式谷先生、いえ式谷社長」

真希那がやってきて混乱していたサバイバル部だ。ようやく落ち着いてきたところで、おずおずと加奈子は手を挙げた。

「ああ。社長と呼んだということは、出版についてのことか？」

「はい、その……もう作家としての私には用がないのかと思っていたんです。けど、編集さんから連絡があって作品を書いて欲しいとのことだったんですが」

　自分は真希那の計画で必要だったから作家にされただけ。本当は誰にも必要とはされていないのではないか？　それが気になっていた加奈子はプロットを作るどころではなかったのだ。

「それは私が指示したんだ。もしかしてと思ってな。案の定、作品を書いてはいなかったようだな。平田《ひらた》は顔を蒼《あお》くしていたぞ？」

「でも！　私には才能がないって！　私を作家にするために会社を作ったって！」

「才能がないと言ったな。あれは嘘だ」

　あっさりと否定されて加奈子は言葉を失った。

　あの言葉にどれほど傷つけられたと思っているのか。今筆を折ったような状態なのは真希那の言葉が主な原因なのだ。

「作家になれた経緯《けいい》はひとまずおくとしてもだ。才能がなければ売れはしないよ。事実1巻の評判はいい。最近のラノベでは珍しいことに随分と後伸びしているんだ。それと、会社についてだがこちらも立ち上げ理由はともかくとして、そう簡単に畳《たた》むわけにもいかない。私の肩には従業員の生活がかかっているからな」

　真希那は案外責任感があるようだった。

「わかりました。書いていいんですね？」

思うことは山ほどある。だが加奈子はそれらを全て飲み込むことにした。作家になるのは夢だったのだ。

「無論だ。これからも是非《ぜひ》我が社《わしゃ》の利益に貢献《こうけん》してもらいたい」

「でも『大魔王』の2巻を書くのはなぜ駄目なんですか？　『半分だけ異世界教室』はあなたの計画のためだったんでしょう？」

2巻の出版が延期になったのは真希那の意向のはずだ。全ての計画を中止した真希那からすれば『大魔王』の続編を出版することは問題ないはずだった。

「いや『大魔王』の出版については当分の間は見合わせてくれ。もう大丈夫だとは思うが、再びグロウスフィアが現実化する可能性がある。しばらくは様子を見た方がいいだろう。もちろん『半分だけ異世界教室』も同じ理由で駄目だ」

グロウスフィアは加奈子の小説『俺の大魔王が可愛すぎて倒せないから世界がヤバイ！』の舞台となる世界で、前の事件で現実世界と混ざり合おうとしていた。『半分だけ異世界教室』も駄目なのは世界観が同一だからだろう。

「そんな……」

もしかしてと思っていた。真希那は社長だから直談判《じかだんぱん》で状況が変わるかもしれないと期待していたのだ。

「なぁ？　その、織原《おりはら》さんの力ってのは一体何なんだ？　小説を書いたり、儀式《ぎしき》をしたりしたぐらいで世界が書き換《か》わるって異常すぎないか？」

そこまでの話を聞いていて疑問に思ったのか雄一が聞いた。確かにそれは加奈子も疑問に思っていたことだ。加奈子はごく普通の人間のはずでそんなおかしな力があるなどとは考えたこともなかったからだ。

「それについてはノーコメントとさせてもらおう。私は能力を使うなと言われている。それには能力で知り得た情報の利用、開示も該当《がいとう》すると思うのだが？」

「『大魔王』を書くな、と言うのはいいのかよ？」

「それについては君たちがこれまでに知り得た情報から類推できることだろうし、看過することで世界に危機が及《およ》ぶ以上仕方がないな。黙っているのは君の考える悪行に該当するだろう」

「俺たちが織原さんの力について知らないのは問題ないと考えているんだな？」

「そうだ。現時点では知る必要がない」

「わかった」

雄一は真希那の言葉を信じたようで、引き下がった。

加奈子も大体は理解できたので、これ以上真希那に聞くこともない。

だが何か書かねばならないということが再認識《さいにんしき》できただけのことで、小説の内容についてはこれから考えなければならず、どうしたものかと加奈子は悩み始めた。

＊＊＊＊＊

「さて！　今日の部活は女の子向け護身術とかどうかなー、と思うんだけど」

話が一区切り付いたところで睦子が切り出した。

「この微妙《びみょう》な空気を、さて！　の一言で切り替えて話を進められるって、ある意味感心するよ……」

ついこの間、死闘《しとう》を繰り広げた相手。しかも加奈子にひどいことをしていた相手が顧問として同席しているというのに、睦子はそのあたりをなんとも思っていないらしい。

「あの！　それなんだけど……」

真希那の話が終わり、沈黙《ちんもく》を守っていた加奈子が顔を上げた。

「なに？　織原さんから言い出すなんて珍しいわ！」

「皆《みんな》に相談したいことがあるの。小説のネタのことなんだけど、もう時間が無くって何をどうしていいのか……」

「なんだか、いつも切羽詰まってますね、織原さん……」

　この前もそうだったが、いつもギリギリすぎやしないだろうかと思う雄一だ。

「というか、そこに社長がいるじゃないですか。締《し》め切《き》り延ばしてもらえばいいんじゃ？」

　加奈子の本は真希那が経営する会社から出版されているのだ。社長ならどうにでもできそうだと雄一は思う。

「ふむ。確かに締め切りを延ばすこと自体は可能だ。他《ほか》ならぬ君の頼《たの》みなら聞かないわけにはいかない。だが、今回の話は加奈子くんを虐《いじ》めようと思ってのことではないんだ。これは加奈子くんのためでもある。昨今のラノベ業界の動きは早い。あまり刊行間隔を長く取り過ぎると読者に忘れられてしまうだろう。売上げにも影響が出る。だから加奈子くんがこれからも作家を続けていくというのなら、ここは踏《ふ》ん張《ば》ってもらうのが一番いいと思うのだが」

「あんた社長だろ。何か作品に対してアドバイスとかはないのかよ？」

「私は経営者であって編集者ではないんだ。よって特に言うべきことはない。そうだな、社長としては売れそうなのを書いてくれると嬉《うれ》しいが」

　この件で真希那は役に立たないようだった。

「じゃあ今回は、皆で織原さんに協力することにしましょうか！」

何が楽しいのか睦子が張り切って宣言する。

なのでそういうことになった。

「でも、作家になりたい人って、いろんな作品のアイデアをいっぱい持っているのかと思ってたんですが」

疑問に思い雄一は聞いた。加奈子は作家になるのが夢でこれまでもたくさんの作品を書いてきているという。それらを利用できないのかと思ったのだ。

「その……どうもラノベ向きじゃないみたいで……」

加奈子がしょんぼりと言う。

「あぁ。その件について釈明《しゃくめい》しておくと我《わ》が社は基本的にはネット小説を主に出版している。なので売れ筋がはっきりしているんだ。担当編集者が言うには、今までのプロットはどれも売れ筋とは違《ちが》うということだったな。私も例の計画のためにプロットにはざっと目を通したが、売れ筋についてはよくわからない」

「『大魔王』の話はどうなんですか？　あれもあまり売れそうな話でも……あ、私は好きですよ」

愛子が聞いた。彼女は加奈子のファンだ。次回作にも期待しているらしい。

「あれは……たまたまネット投稿《とうこう》サイトで人気が出たみたいで……だから今困ってるんだ

けど……」

どうもネット上で評判が良かったのは『俺《おれ》の大魔王が可愛《かわい》すぎて倒《たお》せないから世界がヤバイ！』だけらしい。

「とりあえず！　ラノベとして売りたいなら中身は関係ないんじゃないかしら⁉」

「身も蓋《ふた》もなさ過ぎる！」

あっさりと言い放つ睦子に雄一はツッコんだ。

「だって、1巻が売れるかどうかに内容はあまり関係ないじゃない！　読者は表層的な情報で判断するしかないんだから！」

「言われてみれば確かにそうですね。中を読んでから買うわけにもいきませんし」

愛子はそう言うが、どこか納得《なっとく》できない雄一だった。

「そうね……そのあたりの事情もあって最近じゃ中身が全部わかってるネット小説が売れたりもするみたいだけど……」

中身は関係ないとまで言われてしまうとさすがに思うところもあるのか、加奈子の歯切れは悪かった。

「だから、ソシャゲのシリアルコードを付けるのはどうかしら？　レア武器だとかレアキャラだとかが当たるの！　そしてその武器だかキャラだかの強化にさらにシリアルコードが必要ってことにすれば一人が何十冊も買ってくれるわ！　あ、それか握手券を付けるのよ！　美少女高校生ラノベ作家と握手ができるの！　織原さんの写真を著者近影として載《の》せとけば、男どもがわんさかやってくるはずだわ！　とりあえず買わせるならこれでばっちりよ！　多々買うの！　多々買わなければ生き残れないのよ！　そして面白ければ2巻以降も買ってもらえるって寸法よ！」

いいアイデアだと思ったのか、調子にのった睦子が一気にまくしたてた。

「それはさすがにひどくねーか？　本気で小説の中身どうでもいいって言ってるだろ？」

雄一は眉《まゆ》をひそめた。加奈子もそんなギリギリのやり方を求めて皆に聞いているわけではないだろう。

「坂木《さかき》さん。ちょっと考えただけでも、そんなことが実現できないのは――」

「それをやりたいならやれないことはないぞ？　ゲーム屋にも顔は利《き》く」

睦子の適当な思いつきによる、いい加減な無理筋の話かと思えば、真希那の一言で途端にこの手法が現実味を帯びてきた。

「え？　……あ、その……や、やめておくわ……」

加奈子の目が泳いでいた。ちょっとは考えたらしい。

「そうね……じゃあ炎上商法ね！　ネットで叩《たた》かれそうなことを発信するのよ！　そして

ある程度話題になったところで、チーッス、反省してまーす！　みたいな感じで火に油を注ぎまくるの！　そしたらまとめサイトやら、ニュースサイトやらで取り上げられまくって、こんな馬鹿《ばか》が出してる本ってどんなのだ？　ってことで売れたりするのよ！」

「だから盤外戦術はやめとけって！　そんなもん、一時的に売れても、後に続かねーだろ！」

そんなことをすれば、ダーティーなイメージばかりが先行してしまう。それで売れればいいが、売れなければそこで作家生命は終わりだろう。

「わかったわ！　じゃあ正攻法《せいこうほう》でいきましょう！　とにかく手にとってもらうには表層的な情報で訴《うった》えかけるしかない！　だからパッケージングが重要なのよ！　店頭で読者の購入意欲を刺激《しげき》するには、平台に置いたときに一目でわかる情報！　つまり！　タイトル、カバーイラスト、帯を工夫《くふう》するしかないの！」

「いや、言ってることはわかるけどさ、でもそれって中身が決まってからのことだろ？　中身も決まってないのに外面だけ考えてもさ」

「違うわ！　逆転の発想よ！　つまり！　売れそうなパッケージングをまず考えてそれに合わせて中身を考えればいい！　プロットだとかテーマだとかを決めるなんて後回しでいいのよ！　まずは売れそうな見た目を考える！」

「……って、そんなんでいいのかよ……」

皆はどう思っているのかと雄一は部室内を見回した。

愛子は睦子の勢いに呆気《あっけ》にとられているのかぽかんとしている。奈月はいつものごとく何を考えているのかわからない。真希那は興味深げに睦子を見つめていた。

肝心《かんじん》の加奈子はというと何やら真剣《しんけん》な顔で考え込んでいた。

「そうね……こうやって相談しているぐらいだから、現時点で何を書くかっていうのはないのよ。だから三題噺《さんだいばなし》じゃないけど、お題を決めてしまってそれに合わせて書くというのもありなのかもしれない……」

睦子の提案は作家の矜持《きょうじ》を踏みにじることではないか。そう不安に思っていた雄一だが、案外加奈子は気にしていないようだ。

「それに関してひとこと言わせてもらうなら、カバーデザインや帯は編集マターだな。作家側の意見が全て通るというわけではない。だが、睦子くんの考えは悪くないと思う。最初から編集側と協力できればそれもありだろう」

「マターってなんだよ？」

聞き慣れない言葉に雄一が聞き返した。

「業務責任といった意味だな。いわゆる大人語ってやつだよ。コンセプト、ヴィジョン、プロパー、コンセンサス……とりあえず横文字を言っておけば仕事してる感じになるんだ」

「式谷先生から言ってもらうことはできないのかしら？」

「それはやりたくないな。もちろん業務命令という形で指示はできるが、それでは編集者のモチベーションが下がるだろう。彼《かれ》には自分の職責の範囲《はんい》で自由に仕事を進める権利がある。それを蔑《ないがし》ろにはしたくない」

真希那は案外まともな社長のようで、雄一は複雑な気分になってきた。常識的なことは十分にわかっているように思える。なのに人殺しゲームなどを仕《し》掛《か》けるのだ。そのあたりがよくわからない。

「そうね。カバーや帯についても協力はしてもらいたいけど、まずはタイトルよ！　これが一番重要だわ！　カバーや帯は実物を見てもらわないことには駄目《だめ》だけど、タイトルなら口コミでも、何かの一覧に載ったただけでも伝播《でんぱ》していくもの！　これをまず考えるということでどうかしら！」

そこまで言うと睦子はホワイトボードに「タイトルを考える！」とでかでかと書いた。

相変わらず無駄《むだ》に達筆だ。

「じゃあ皆で意見を出し合うのよ！　まずはゆうくん！　何かないの⁉」

びしりと睦子が雄一を指差した。

「いきなりかよ……えーとそうだな……あ、『フォルテピアノ』なんてどうだ？」

売れそうなタイトルと言われてもよくわからない。何となく趣味《しゅみ》のピアノから言葉を持ち出してみたが、口に出してみるとどことなくおしゃれな感じでいい気がしてきた。

「論外！」

睦子が勢いよくホワイトボードを叩いた。

「なんでだよ！」

「そのタイトルじゃクラシック音楽がテーマにしか思えないし、それだけで読者の興味を惹《ひ》きつけるのは難しいでしょうね。それに根本的な問題として、小説は音楽が聞こえないから、演奏シーンがすごく難しくなるの。本格的にやろうとすると専門用語が多くなるし、どうしても冗長《じょうちょう》になるわ」

「最初から決めつけんなよ。ピアノがテーマでも、『ピアノの森』とか『四月は君の嘘《うそ》』とか売れてるだろ。小説は駄目で漫画《まんが》はいいのかよ」

頭から否定されて、雄一はちょっと不愉快《ふゆかい》な気分になった。

「漫画なら音楽が聞こえもするのよ！『サルまん』読みなさいよ！」

雄一の反論に睦子が一転、強い口調になる。

「だったら姉ちゃんはどんなタイトルを思いつくんだよ！」

「確かに代案も示さずに否定意見ばかりというのもよくないわ！　そうね……やっぱり最近流行のネット小説っぽい感じで……キャッチーにいくなら……」

少し考えていた睦子だが、考えがまとまったのかホワイトボードに一気に書き入れた。

『学校一の美少女が奴隷《どれい》として出品されている件について』

「いくらなんでもひどすぎる！」

雄一は思わず立ち上がっていた。

「そう？　どんな話なのか気になって仕方なくない？」

「つーか、このタイトルに合わせて中身書くのは織原さんだろうが！」

雄一は加奈子を見た。あんぐりと口を開けている。予想外だったのだろう。

愛子は何を考えたのか顔を赤くしている。奈月は相変わらず無表情で、真希那は押し殺すように笑っていた。

「坂木さん……なんとなくキャッチーな気はするけど、だからなに？　って気もするわ」

加奈子は思ったよりも冷静だった。

「そうね……主人公視点のタイトルなんだけど、何をどうしたいっていう方向性が希薄《きはく》な

タイト
考える!!

気もするわね……じゃあこんな感じかしら？」

睦子がタイトルに付け足した。

『学校一の美少女が奴隷として出品されている件について（バイトを始めました）』

「落札する気かよ！」

「そう！　主人公の目的は美少女の落札！　シンプルでわかりやすい目標だわ！」

「そんなんぜってー売れねーよ！」

「あらそう？　でもゆうくんのよりは随分《ずいぶん》ましだと思うけど」

「なんでそんなにつっかかるんだよ。そんなに駄目《だめ》か⁉」

「ラノベのタイトルだってことを考えてもらいたいものだわ！　じゃあ次は野呂《のろ》さんはどう？　何かある？」

「あ、そうですね。さっきから色々と見てたんです……」

愛子はスマートフォンで何やら調べていたらしい。

「人気のありそうなキーワードをくっつけて『異世界にクラスごと転生したらチートハーレム成り上がりでダンジョン攻略《こうりやく》』というのはどうでしょう？」

「野呂……お前……」

　雄一は残念そうに愛子を見た。

「野呂さん……それは典型的な駄目パターンよ？」

「え？　そうなんですか？」

「人気のありそうなワードをくっつけること自体はいいの。けど、これだとテーマがぼやけちゃってるわ。異世界転生とかハーレムとかは状況《じょうきょう》だからいいとして、チートと成り上がりって微妙に食い合わせが悪いのよね。それにクラスごと転生となるとキャラの書き分けがすごく難しくなるんじゃないかしら？」

　睦子がやんわりと駄目出しする。雄一はちょっとむかついた。自分の時とは明らかに態度が違う。

「そうですか……って武内《たけうち》さんは何かあるの!?」

　黙って聞いていた奈月だが、愛子の提案を聞いて鼻で笑っている。

「そのいかにもっていう長いタイトルが駄目。今も聞いていて半分ぐらい聞き流してしまったから。ということで私が提案するのはこれ」

　立ち上がり、ホワイトボードに向かいながら奈月が言う。

　そしてホワイトボードにこう書いた。

『鏖《みなごろし》』

「それ、絶対ラノベじゃねーよ！」

血みどろの惨劇《さんげき》が繰り広げられるシーンしか思《おも》い浮《う》かばない。人が死にまくるラノベもないことはないし、過去にヒットした作品もあるだろうが、今からこれを当てるのは厳しいだろう。

「なるほどね……最近じゃ一文字ラノベはあまりないから目立つかもしれないわね……」

睦子がまんざらでもなさそうに、顎《あご》に指を当てている。

「短いのがいいのならこれはどうですか⁉」

『.』

対抗《たいこう》するように愛子がホワイトボードに書く。点だ。ピリオドのことだろう。

「それも……案外行けそうな気が……終止符《しゅうしふ》を打つってなんかかっこよくない？」

『fp』


なんとなく雄一も前に出て書いてみた。

「それ、フォルテピアノの音符《おんぷ》じゃない！　なんでそれにこだわってんのよ！」

睦子が反発するように言う。

「だからなんで俺にだけ風当たりが強いんだよ！」

＊＊＊＊＊

部の皆があれこれと言い合っているのを加奈子はぼんやりと眺《なが》めていた。

――これは駄目かも……。

相談に乗ってくれと言い出したのは加奈子だが、多人数で話し合っていても収拾《しゅうしゅう》がつくとはとても思えなかった。

やはり小説は一人で書くしかない。

人任せにせず、もうちょっとだけ頑張《がんば》ってみよう。加奈子はそう心に誓《ちか》った。

第二章　【十月二週目】ひのえんま

「家族会議を開催《かいさい》するわ！」

雄一《ゆういち》と依子《よりこ》の部屋で睦子《むつこ》が宣言する。

家族会議と言いながらも両親は不参加だ。母親は夕飯の準備をしているし、父親はいつも帰りが遅《おそ》い。両親はそもそもそんな会議が開催されていること自体を知らないだろう。

「姉弟会議じゃねーの？」

雄一は混ぜ返したが睦子によって華麗《かれい》に無視された。

「お兄ちゃん、まじめにやってください」

妹の依子が真剣な様子で言ってきたので、雄一は居住まいを正した。なんとなく逆らえない状況のような気がする。

依子は中学生。坂木《さかき》家美人姉妹の妹として有名だった。長い黒髪《くろかみ》の似合う美少女だと兄である雄一も思っている。頭上には『妹』の文字が浮いていた。

「いや、そんなこと言われたって、なんで俺が糾弾《きゅうだん》されるみたいな流れになってんのかがまるでわかんないんだけど」

　雄一は正座させられていた。

　それをローテーブルを挟《はさ》んで向かい側に並んで座《すわ》る、姉と妹が見つめている。

「本当に？　お兄ちゃんには本当に心当たりはないの？」

「いや、そりゃあるにはあるけど……」

　雄一はちらりと自分の左肩を見た。

　そこには赤い着物を着た女の子がしがみついている。六歳ぐらいだろうか。にこやかな顔でぎゅっと服を掴んでいた。

「ゆうくん……リアル幼女はちょっといただけないわ」

「そうです。野呂《のろ》さんとかと仲良くするのは別にいいけど、これはないです」

「いやいやいや、別に俺が好きでこうしてるわけじゃねーだろ！」

「一体これはどういうことなんですか……野呂さんならまだしもこんな小さな女の子って……もしかしてお兄ちゃんはペドだったの？……」

　依子が女の子を睨《にら》み付《つ》けながら小声でぶつぶつと言っている。

「おーい、小声で言っても聞こえてるぞ。ペドってなんだよ、ペドって」

「都合のいいところだけ聞こえるんだね！　お兄ちゃんの耳は！」

「ねぇ、ゆうくん。二次元が相手なら別にどんな性癖《せいへき》だって問題ないと思うの。お姉ちゃんはとっても許容範囲が広いから、非実在幼女ならいくらでも愛《め》でてもらってかまわないわ。けどね。さすがにこれはお姉ちゃんも許容できない！」

「さっきから聞いてりゃ俺をロリコン扱《あつか》いかよ！」

二人の一方的な言い様を聞いていると雄一は段々腹が立ってきた。

「じゃあさっきのはどう説明するの？　いきなりこんな小さな女の子を連れて帰ってきて、そのままお風呂《ふろ》に入れようとしたことは？」

依子が問《と》い詰《つ》めてくる。いつにない迫力《はくりょく》に雄一はたじろいだ。

「そりゃ……汚《よご》れてるし、本人が入れろって言ったからだろ？」

ちらりと女の子を確認する。泥《どろ》だらけだ。取っ組み合いの喧嘩《けんか》の結果だった。

「何を入れるっていうの⁉　いやらしいわ！」

「そーゆーのは私にまかせてくれたらいいの！」

睦子がローテーブルをどんと叩き、依子は不機嫌《ふきげん》そうに言った。確かに自分が風呂に入れる必要はなかったのかもしれない。

「だからさ、姉ちゃんたちは完全に誤解してるって。こいつこんな見た目だけど人間じゃないし、幼くもないから」

「だったらなんだってのかしら！　ちゃんと説明してくれないとお姉ちゃんとしても強硬手段に出るしかないから！」

「あのな、こいつは『ひのえんま』だ。妖怪《ようかい》なんだよ！」

けひっ。

そんな声を立てて雄一にしがみついているひのえんまは笑った。

＊＊＊＊

話はその日の午後、今から少し前に遡《さかのぼ》る。

雄一は学校の授業が終わり、一度家に帰った後、山に向かっていた。

星辰《せいしん》市は海と山に囲まれている。都会の割には自然が豊かで住みやすい街だ。街は十分に発展しているので必要な施設《しせつ》は十二分にあり、少し足を伸ばせば自然と触《ふ》れあえる。

その山は街の北側にあった。

麓《ふもと》までは自転車で来た。そこからは徒歩だ。手には折り畳んだ自転車を持っている。変わり種の自転車ということで睦子に押《お》しつけられたものだが中々重宝していた。とにかくコンパクトなのだ。折り畳めば手で持って運べる程度まで小さくなる。

最初のうちはハイキングコースを歩いていた雄一だが、途中《とちゅう》で道をそれた。

鬱蒼《うっそう》とした木々で覆《おお》われた山の中。一目でわかるほどではないが、人が通った跡があり、雄一はそこを辿《たど》る。

ここには鬼《おに》の集落があるはずだった。

桜崎《さくらざき》もにかに会いにきたのだ。

もにかは、夏休みの合宿後に突然《とつぜん》あらわれて、雄一にソウルリーダーを返せと言ってきた少女だ。

結局どんな事情で雄一にソウルリーダーが渡《わた》ったのかはわからずじまいだが、彼女《かのじょ》は複数に分かれた邪神《じゃしん》の体、神器を集めているという。

全《すべ》てを集めれば願いが叶《かな》うという、その神器は争奪《そうだつ》の対象となっていた。

もにかは現在二つの神器を持っている。そのため神器を狙《ねら》う奴等《やつら》に襲《おそ》われるおそれがあるのだが、さすがに坂木家に匿《かくま》うわけにもいかず、知り合いの茨木《いばらき》に預けることにしたのだ。

真希那《まきな》からしばらくは襲われる可能性が低いと聞き、それを伝えようと思ったのだが電話がつながらなかった。少し心配になった雄一は直接会おうと思ったのだ。

しばらく行くと開けた場所に出た。

寒村の類《たぐい》だろう。殺風景で寂《さび》しい雰囲気《ふんいき》の村だった。

「……いつの時代なんだよ……」

時の流れから取り残されたような場所だ。茅葺《かやぶ》き屋根《やね》の家が建ち並んでいる。こんな村が山の中とはいえ存在していられることが信じられなかった。

ニーハオ・ザ・チャイナのような少しずれた、異世界のような場所なのかもしれない。

雄一は思わず携帯電話を確認《かくにん》する。圏内《けんない》だった。

「ま、もにかと電話できてたんだから当たり前か……」

それによく見れば電線が各家に届いている。完全に文明から見捨てられた場所でもないようだ。

鬼の集落に辿《たど》り着《つ》いたはいいが、もにかがどこにいるのかがわからない。雄一はあたりを見回したが近くに人の気配はなかった。

――まいったな。行ってみりゃ誰《だれ》かいるだろと思い込んでた。

もう少し奥《おく》に入ってみるかと歩き始めたところで妙《みよう》なものに気付いた。建物と建物の間、地面スレスレの暗がりに文字が浮かんでいたのだ。

『鬼女《きじょ》』とある。

おそらくその文字の下には何者かがいる。雄一は文字に近づいた。

しかしそこには誰もいない。だが文字は頭上約十センチ程の位置にあらわれる。つまり何かがいるとするなら地面の下ということだ。

雄一は地面に手を伸ばした。そこには闇《やみ》がある。そこは建物の陰《かげ》だからという理由では説明できないほどに黒かった。

特に何かを期待して手を伸ばしたわけではなかったが、雄一の手は地面には触れなかった。そのまま闇の中に沈《しず》んでいく。するとすぐに髪《か》の毛《け》に包まれた頭らしきものに触れた。そのまま下に手を伸ばし、襟首《えりくび》らしきものを掴《つか》んで雄一は何者かを引っ張り上げた。

女の子だった。

見た目から判断するともにかよりも年下だろう。黒い着物を着たおかっぱの女の子は雄一にぶら下げられて小刻みに震《ふる》えていた。

「あぁ、ごめん?」

地面の下から出て来た女の子にどう反応していいのかわからず、とりあえず謝《あやま》った雄一は女の子を地面に下ろした。

「君、この村の子?」

聞いてみたが、女の子は震えるばかりで目も合わせてくれない。

「おい！　なに紅葉《くれは》ちゃんいじめてんだよ！」

どうしたらいいのかと考えていると、大声が聞こえてきた。

振《ふ》り向《む》けば学生服を着た金髪《きんぱつ》の少年、茨木が立っている。

頭上の文字が『茨木童子』であることからもわかるように日本に古来からいる鬼の一種だ。以前、雄一と戦い敗れたのだが、それ以来なにかと馴《な》れ馴《な》れしい態度で絡《から》んでこようとする。

「茨木か。お前その服ばっかだな。もっと鬼っぽい服ねーのかよ」

声を聞いた途端《とたん》に、紅葉と呼ばれた女の子は茨木の下へと駆《か》けていった。そして後ろに隠《かく》れて足にしがみつく。

「鬼っぽい服ってなんだよ？」

「ふんどし？　裸《はだか》？」

「なんでこの時期に裸になんなきゃいけねーんだよ！」

「そういや、人だか鬼だかの気配がないなこの村」

「お前俺と会話のキャッチボールする気、かけらもねーな！　まぁいいや。昼間はいねーよ。夜に寝に帰ってくるぐらいか」

「いや、それはどうでもいいんだけど、もにかはどこだ？　電話がつながらねーから会いにきたんだけど」

「なんなのお前？俺のこと嫌いなの⁉」

「なんで好かれてるとか思ってんだよ。で、もにかは？」

「どっか遊びにいったんじゃねーの？　ここにいてもつまらねーだろうしな」

雄一の態度に怒《おこ》っているようでも、大して気にしてはいないようで茨木は軽くそう答えた。

「って、お前な。もにかが襲われないようにって預けてるんだろうが。どこにいるかもしらねーってどういうことだよ？」

「大丈夫《だいじょうぶ》だよ。紅葉ちゃんを見張りにつけてるのはそのためなんだから」

「……その紅葉ってのはお前の足にしがみついてる子のことだよな？」

雄一と茨木の視線が紅葉に集まる。

「……あの……お姉ちゃんが……妖怪に襲われて……」

ぶるぶると震えながら紅葉が言い、聞いた雄一は血相を変えた。

「妖怪って⁉　どこだ！」

紅葉がますます怯《おび》えて茨木にぎゅっとつかまっている。

「あー、紅葉ちゃん、戦えないからな。なんかあったら戻《もど》ってこいって言ってあったんだけど……」

茨木が頭をかいた。そう言ってはいたもののまさか本当に何かあるとは思っていなかったのだろう。

「だからどこだよ！　茨木！　お前が聞け！」

いくら雄一が聞いても紅葉は怯えるだけだろう。

茨木がもにかの居場所を聞き出す。それを聞いた雄一はもにかの下へ急いだ。


そこは山の麓にある公園だった。

ブランコや滑《すべ》り台《だい》、砂場などの遊具が設置されているこじんまりとした場所だ。

慌《あわ》ててやってきた雄一が見たものは二人の女の子が取っ組み合いの喧嘩をしているところだった。

一人はかなり幼い少女だった。小学生だとすれば一、二年生というところだろう。赤い着物を着ていて頭上には『ひのえんま』とある。おそらくこれが妖怪だ。今時こんな格好で街を出歩く女の子もそうはいないだろうし、文字は妖怪の種類だろう。

もう一人はシュシュで髪をポニーテールにまとめている華奢《きやしや》な女の子で、雄一の知り合いだった。名前は桜崎もにか。頭上に文字はない。これはアウターだからだ。

見た目は小学五年生ぐらいに見えるが、実年齢《じつねんれい》は雄一と変わらないらしい。アウターはなった瞬間《しゅんかん》から年を取らなくなるとのことだった。

そんな二人が争《あらそ》う様子を、もにかと同世代に見える女の子たちが困った顔で遠巻きにしていた。

雄一は拍子抜《ひょうしぬ》けしていた。妖怪に襲われたと聞いて慌てて飛んできたのだが、大した事態とも思えなかったからだ。

「なぁ。これ何がどうなってるの？」

雄一はもにかたちの様子を見ている女の子に声をかけた。

「え？」

急に話しかけられたので女の子が戸惑《とまど》っている。雄一は努めてにこやかな笑顔《えがお》を見せた。

最近では女の子に話しかけるのにも気を遣《つか》う。

女の子は怪《あや》しい人物ではないと判断したのか、ゆっくりと話し始めた。

「もにかちゃんに恋愛占《れんあいうらな》いをしてもらってたんですよ」

「あいつそんなことやってるのか？」

確かもにかの世界観は『恋《こい》に恋する小さな世界』で恋愛《れんあい》のエキスパートだと言っていた。

恋占《こいうらな》いの能力も持っているのかもしれない。

「もしかしてもにかちゃんのお兄さんですか？」

「お兄さんっていうか保護者っていうか、似たようなものだな」

それで納得したのか女の子は話し始めた。

「もにかちゃんのは占いっていうかアドバイスが的確なんですよ。具体的にどうしろってのがあってその通りにしたら大体うまくいくっていうことでこのあたりじゃ、恋愛のカリスマってことになってるんです」

暇《ひま》つぶしなのかもしれないが、そんなことをやっている場合なのかと思う雄一だった。

「で、その占いからなんでこんなことに？」

「ここで占ってもらってたらあの子がやってきて、自分も占えって言い出して。もにかちゃんはあの子を見てあげたんだけど……何やっても無駄、恋愛運《れんあいうん》ゼロ、可能性まったくなし！　って言っちゃって……そしたら、あの子が怒ってもにかちゃんに飛びかかってあんな感じに……」

「わかった。止めてくるよ」

何が襲ってくるかわからないのに、占いごっこの果てに喧嘩とは悠長《ゆうちょう》なことだ。少し呆《あき》れている雄一だったが、さすがにこのまま放ってはおけない。

雄一はごろごろと公園を転がり回っている二人に近づいた。

タイミングを見計らいあっさりと二人の襟首を掴んで両手で別々に持ち上げる。

「もにか……こんなちっちゃな子とマジ喧嘩って情けなくないか？」

「雄一！　あ、それはその……こいつ！　こいつが喧嘩売ってきたんだから！」

雄一にぶら下げられたまま、もにかは女の子を指差す。

見てみれば、ひのえんまの女の子は呆《ほう》けたようになって、雄一を見上げていた。

「確かにもにかも悪いところがあったと思うけど、いきなり飛びかかるのはどうかと思うぞ？」

沈静化《ちんせいか》したようなので、雄一は二人を下ろした。

「もにか。お前は茨木んとこで大人しくしてろよ」

「そんなこと言ったって、あそこなんにもないんだよ？」

もにかが頬《ほお》を膨《ふく》らませている。

「まぁ……今度詳《くわ》しく話すけど、しばらく共鳴はないそうだ。だからさほど危険はないのかもしれないけどほどほどにな。今日のところは茨木のところに帰れ」

遅《おく》れてやってきた茨木を雄一は指差す。渋々《しぶしぶ》ではあるがもにかは茨木のもとへ歩いて行った。

「風呂に入らねばならぬ！」

さて、もう一人はどうするかと思っていたところにそんな声が聞こえた。振り向けばひのえんまは雄一の目をまっすぐに見ている。

「なんで俺《おれ》が？」

転げ回ったせいでひのえんまは泥だらけだった。この公園は水はけが悪いのか先日の雨がまだ乾《かわ》いていないらしい。

「他に誰がおるんじゃ。お主が面倒《めんどう》をみるしかなかろう。ほら、連れて行くがいい」

雄一はひのえんまを見つめたまま考えた。

妖怪らしいがさほど危険なようにも思えない。このまま放って置くのも後味が悪いし、風呂に入れるぐらいは別にかまわないだろう。

雄一は家に連れて行くことにした。

＊＊＊＊＊

ひのえんま。

飛縁魔、もしくは飛炎魔と書く。

様々な説があるがここで紹介《しょうかい》するのはそのうちの一つ、丙午《ひのえうま》の迷信《めいしん》から生まれたとする説だ。

丙午に生まれた女は気性《きしょう》が荒《あら》く夫の寿命《じゅみょう》を縮めると言われていた。つまり丙午の女は嫁《よめ》の貰《もら》い手《て》がなくなる。そのためこの年の出産は忌避《きひ》されるようになった。現在を基準にすれば考えにくいことではあるが、その昔は嫁に行かない、つまり子供を産まない女に意味などなかったのだ。

年代ごとの出生者数グラフを見た覚えがあればわかりやすいのだが、出生者数が極端《きょくたん》に少ない年がある。

たとえば一九六六年。この年などは前年に比べて25％も出生率が減少している。この年に何か大事件が起こったわけではない。ただその年が丙午だったというだけだ。

こんな迷信が昭和になってからも信じられており社会現象にまでなっている。

ではこの丙午の迷信とひのえんまという妖怪はどのような関係にあるのか？

まず、もともと飛縁魔という妖怪の話が仏教説話にあったのだ。飛縁魔は色香《いろか》で男を惑《まど》わし身を滅《ほろ》ぼすとされ、女犯《にょぼん》を戒《いまし》めるためにこのような話がされた。

その飛縁魔と、気性が荒く男を食《く》い潰《つぶ》すとされた丙午生まれの女とが次第《しだい》に同一視されていく。いつからかこの妖怪は、丙午に生まれた女が処女のまま天寿《てんじゅ》を全《まっと》うした際に、その怨念《おんねん》から生まれ変わったものということになっていった。

ひのえんまとして生まれ変わった女は絶世の美女になるという。

そして男をたぶらかしその精を吸い尽くすと言われているのだ。

妖怪には大抵《たいてい》の場合起源が存在するが、ひのえんまの場合は、丙午の女達《たち》を拒絶《きょぜつ》した男たちの後ろめたさから想像された妖怪ということになるだろう。

＊＊＊＊

「つまりあれよ。男が三十歳まで童貞《どうてい》でいれば魔法使《まほうつか》いになれるとかってのと同じような話ね！」

睦子が自慢《じまん》げにひのえんまについて語り、その言葉で締《し》めた。

「そんなうさんくさい話と一緒《いっしょ》にするでない！」

ひのえんまは怒っていた。

「わらわは清く正しく純潔を貫《つらぬ》き通《とお》したのだ！　そんな誰にも相手にされなかっただけの輩《やから》といっしょにされては迷惑《めいわく》だ！」

「でも、誰にも相手にされなかったのはあなたも一緒だよね？」

依子が冷静に指摘《してき》する。

依子は怒っている時は、たまにこのような面を見せる。普段《ふだん》の明るく無邪気《むじゃき》な様を知っているだけに雄一としてはちょっと怖《こわ》かった。

「そう言えば、ひのえうまの女が気性が荒く男を殺すとされてるのはただの語呂《ごろ》合わせなのよね。火の馬。火を見た馬が暴れて人を食べるとされていて、『ひのえうま』と『ひのうま』が言葉として似てるから連想されたってだけなの」

「語呂合わせ……じゃと？　わらわが嫁にいけなんだのは、そんなアホらしいことが原因じゃったのか……」

初耳だったのかひのえんまがあからさまに驚《おどろ》いている。

「まぁ、それはいいとして幼女誘拐はお姉ちゃんとしても見過ごせないわ！」

「いや、だから妖怪だから幼女じゃないし、誘拐もなにも親とかいるのかよ、こいつ？」

「そもそもこんなのどこで拾ってきたの？」

「公園でもにかと喧嘩してたんだよ。そしたら風呂に入れろって言うから」

「あのね、ゆうくんがそんなことしたらまたハーレムメンバーが増えちゃうでしょ？」

「ハーレムなんてねーよ！」

予想外の言葉に雄一は言い返した。

「お姉ちゃん、自覚ないですよ……」

「ええ、困ったものだわ。こんな調子でどんどん増やしていくつもりなのかしら。野呂さんも可哀《かわい》そうだわ！」

「で、そのひのえんまはいったいどうしたいの？」

依子は努めて冷静を装《よそお》っているように見える。だがこれは、多分怒っているのだと雄一は感じていた。

「うむ。わらわは妖怪扱《ようかいあつか》いをされてはいるがこの世に未練を残した怨念のようなものだ。その未練を断《た》ち切《き》ればあるいは成仏《じょうぶつ》できるかもしれん。そう思ってだな。この男に手伝ってもらおうと思ったのだ。一目見た時にこの男にならわらわの純潔を委《ゆだ》ねるのも良いかと考えたのだ！」

「嫌《いや》な予感しかしないけど一応言ってみて？」

依子がにこやかに笑いながら聞いた。

「つまりだ。処女のまま死んだのが心残りであってだな。処女を失えば成仏できるのではないかと思っているのだ！」

「犯罪だわ！　こんな小さな子になにをするつもりなの、ゆうくん！」

「これ妖怪なんでしょ？　殺しちゃってもいい？」

「何もする気はねーよ！　つか、よりちゃん、殺すとかゆーな」

　ぎゃーぎゃー言う姉妹に雄一は辟易《へきえき》としてきた。どこか話がすれちがっている。

「そもそもあなたはなぜこんな幼い子どもの姿なのかしら？　ひのえんまは絶世の美女だときいたわ！　あ、そうそう！　ひのえんまは傾国《けいこく》の美女とも同一視されていたのよ。つまり妲己《だつき》とか末喜《ばつき》がひのえんまとされたこともあるの！　そこから九尾の狐《きつね》とも関連づけられて……」

「おーい！　話がそれてるぞ！」

　そこから九尾の狐の話が始まりそうで、雄一は釘《くぎ》を刺《さ》した。

「ま、それはともかくとして、男を誘惑《ゆうわく》するならもっとふさわしい姿があるんじゃないの？」

「お姉ちゃん、変にたきつけないでください。これで大人の姿とかになったら困るじゃないですか」

「うむ。このような姿なのはだな、最近ではこのような幼女の姿に劣情《れつじょう》をもよおす者たちが大変増えていると聞《き》き及《およ》んだのだ。もしや今までの戦略は間違《まち》っていたのではないかと思い切った姿をとってみたのだ！」

「思い切りすぎたな！」

雄一はつっこんだ。舵《かじ》を極端にきりすぎだ。

「事情はわかったわ。でもゆうくんにずっとくっついてられるのも困るから、成仏させちゃいましょうか！」

「本当か！　ならお前らは出ていけ！　これからわらわはこの男とよろしくするでな！」

しっしっ、とひのえんまは睦子達《たち》を追い出そうとした。

「いいえ、出ていくのはあなたよ」

睦子と依子は協力してひのえんまを雄一からひっぺがした。

このあたりはさすが姉妹ということだろう。息の合った動きだ。

「ゆうくんはここで待っててね」

ひのえんまを担《かつ》ぎ上《あ》げた睦子と依子は部屋の外へ出て、隣《となり》にある姉の部屋へ向かった。

＊＊＊＊＊

「ちょ、お姉ちゃん！　なんでそんなもの持ってるの!?」

「あぁ、これは人工皮膚の研究に協力したからサンプルで貰ったのよ。粘膜部もかなり忠実に再現しているわ！　だからまぁ、とりあえずはこれで問題ないんじゃない？」

「それは動いたり……」

「電池を入れれば動くと思うけど、さすがに初めてでそれはきついと思うから……問題はこれで成仏するのかということね」

「や、やめろ！　何をするつもりだ！　そ、それはいったい……そ、そんなものを一体どうすると……や、やめてくれ！　そんなもので散らしたくはない！　勘弁《かんべん》してくれ！　こら押さえつけるな。い、いたいいたい！　や、やめて！　そんなの入らないから！　ちょっ！　それをどこへ！　あ、違《ちが》う、そっちならいいわけじゃなくて！　お願いだから！　すみません、本当にごめんなさい。存在しててすみません。だから、やめて！　やめてー！」

そんな悲痛な声が隣の部屋から聞こえてきた。

＊＊＊＊

「ひっく……うぅ……生きててすみません。ほんとすみません……もう雄一くんにはちょっかい出しませんから……本当に勘弁してください……」

しばらくして、睦子と依子は、泣きわめくひのえんまを抱《かか》えて雄一の部屋に戻ってきた。

何をしていたのかを想像したくはないが、どうやらそれは未遂《みすい》に終わったらしい。

「なぁ……俺がこんなこと言うのもおかしいかもしれないけどさ……その、大人の姿にもなれるんだろ？　だったらさ、女なら誰でもいいって男は絶対いると思うんだ」

とりあえず誰でもいいならどうにでもなりそうだと雄一は思う。

「い、いやだもん！　かっこいい人じゃないといやだもん！　あ、愛がないとだめなんだもん！」

「さっきまでの偉《えら》そうな口調はなんだったんだよ……」

ひのえんまにはこだわりがあるらしく、だからこそ妖怪になるほど思い詰めてしまったのだろう。

「ちょっとかわいそうになってきたからやめておいたけど、どうしたものかしら？」

睦子が首をかしげている。

「と、とにかくこの家からは出ていくから！　もうあんなのはやめてっ！」

ひのえんまはどたどたと音を立てて部屋を飛び出していった。

次の日。雄一は学校からの帰宅途中に、聞き覚えのある声を聞いて立ち止まった。

公園の前だ。

声の主はすぐにわかった。ひのえんまが幼い子供たちに交ざって遊んでいるようだった。

ひのえんまは雄一を見かけるととことことやってくる。

「なにやってんだ？」

好みの相手を探すというなら、子供の相手をしていても仕方ないだろう。

「うむ。事を急いではろくなことにならんというのは身に染《し》みたのでな。幼いころから男と仲良くなっておいて愛を育《はぐく》み、十分に育ってから事に及ぶことにしたのだ！」

「そ、そうか。頑張ってくれ」

とても遠大な計画だった。

第三章　【十月三週目】壇ノ浦《だんのうら》千春《ちはる》の挑戦《ちょうせん》

「姉キャラは不遇《ふぐう》だわ！　なんで妹キャラばかり人気なのかしら!?　姉モノはどちらかと言えばマニアックな趣味《しゅみ》と見做《みな》されたりするのよ！」

姉、睦子《むつこ》が憤慨《ふんがい》している。

姉キャラに人気が出て欲しい理由が、雄一《ゆういち》にはさっぱりわからなかった。

「はいはい、姉ちゃんすげぇ、かっこいいー、たまらねー」

雑誌をパラパラとめくりながら、雄一がおざなりに言う。

ここは放課後の部室だ。特に用事がなければ、顔を出すのが雄一の日課となっていた。

「なので！　姉キャラの待遇改善を我々は模索《もさく》しなければならないのよ！」

「……本当にどーでもいいな！」

雄一は呆れたように、心の底からどうでもいいという思いをこめてそう言った。

睦子がホワイトボードの前に立ち今回の議題とやらを進めている。

そこには、「姉キャラの立ち位置について」とデカデカと書いてあった。

まったくもってサバイバルとは関係がない。サバイバル部は睦子が自分のやりたい事を好きなようにやるだけの部活だった。

その話を真剣《しんけん》に聞いているのは加奈子《かなこ》と愛子《あいこ》。奈月《なつき》はどう思っているのかはわからないが特に口出しせずに話を聞いていた。

雄一はそれをろくに聞いてはいなかった。時計を確認する。十六時になっていた。

だがそれだけで、再び雑誌に目を落とした。

するとその動きを見とがめたのか、愛子が雄一に聞いた。

「ねぇ。そろそろ時間じゃないの？」

「まぁそうなんだけどさ。どうにも行く気がしないっていうか……」

雄一は口を濁《にご》す。愛子は催促《さいそく》するような口ぶりではあるが、そう聞いてどこかほっとしたような顔をした。

「あら？　どうかしたの？　というか今日はなにかゆうくん変じゃない？　さっきからいい加減な態度だし！」

「つーか、姉キャラがどうとか真剣に聞くほどのこっちゃないだろ？」

雄一は目をそらした。だが自覚はあった。どうにも気分が落ち着かない。

それは今朝下駄箱《げたばこ》に入っていたラブレターらしきものが原因だった。

＊＊＊＊＊

朝、いつものように雄一は愛子と連れだって学校に向かっていた。

愛子の隣には犬の振りをしている狼男《おおかみおとこ》のネロが歩いている。頭上の文字は『フェンリル』。北欧神話に登場する巨大狼と直接の関係はないらしいが、ネロも神殺しの逸話《いつわ》を持つらしいので、神話になぞらえてそう呼ばれていたとのことだった。

ネロは雄一たちの合宿先に突然あらわれた。愛子を姫《ひめ》と呼び、僕《しもべ》として付き従っている。こうやって通学中に側《そば》にいるのも護衛のつもりなのだ。

首輪もしていない犬が一緒に歩いているのはどこか不自然ではあるが、知性のある存在に首輪を付けるのは嫌だと愛子は言っていた。

「ちょっと寒くなってきたよね」

「まだコートがいるってほどじゃないけどな」

制服が冬服になってしばらく経《た》っていた。秋が深まってきているのを雄一は感じている。

「そろそろ文化祭あるよね。サバイバル部はなにかやるのかな？」

「さあなぁ。姉ちゃんはそういうのあんまり興味ないかもな」

そう言うと愛子は驚いたような顔をした。

「そうなの？　そういうお祭り騒ぎとか好きなのかと思ってた」

「うーん、騒ぐのは好きだと思うけど、あれでも他人には気を遣ってるほうなんだよ。で、自分が浮《う》いてるっていう自覚はあるんだ。ま、それをわかってて好き放題やってるんだけどな」

「そっかー、クラスでも大したことはやらないみたいだしちょっと残念かな」

雄一たちのクラスでやるのは映画の上映会だった。

大した準備もいらないし、設備は小西妃里《こにしゆり》が金に飽《あ》かして用意するらしい。雄一たちがすることは特になかった。

「一年も半分ぐらい過ぎちゃったね。坂木《さかき》くんは進路のこととか何か考えてるの？」

もう十分に高校生になったという実感が出てくる頃《ころ》だ。そろそろ進路の事も考えているのかと愛子が聞いてくる。

「そうだな。俺は医者か警察かって考えてるけど」

「へぇーもう考えてるんだ……けどなんで？」

「まぁ……人の役に立つことをって考えてて、俺の特性を活《い》かすならそういう方面かなって思ったんだけど」

将来について語るのは少し気恥《きは》ずかしいと思う雄一だった。

「坂木くん強いし、警察はわかる気がするんだけど、医者って？」

「なんていうのかな。どこが悪いとか、どうすればよくなるとかがなんとなくわかるんだよ。姉ちゃんに色々やらされたおかげで」

古来、武術家は人体への造詣《ぞうけい》が深いとされている。実際、体の不調を治療《ちりよう》することで生活の糧《かて》を得ていた武術家もいたらしい。

雄一は人を活かす術、活法にも自信があった。それは殺人術の裏返しでもあるからだ。

「警察は単純に武術とか役に立ちそうだろ？」

「そうだよね……拳銃《けんじゆう》もった凶悪犯罪者とかでも全然大丈夫そうだもんね……」

何を思いだしたのか、感慨深《かんがいぶか》げに愛子が言った。

「警視庁ゼロ課がいいと思うの！」

いつの間にか隣にやってきていた睦子が唐突《とうとつ》に言い出した。

「ってなんだよ！　一緒に行くのは嫌だって言ってるだろ！」

雄一は睦子に怒鳴《どな》った。わざわざ時間をずらしているのにこれでは全然意味が無い。

「不可能犯罪を捜査《そうさ》したり、特別な権限が与《あた》えられていて超法規的捜査《ちようほうきてきそうさ》を行ったりするのよ！　殺人許可証《マーダーライセンス》もあるとなおいいわ！」

「そんな怪しげな所に行きたくねーよ！」

しかし、この世の中怪しいことばかりだということを雄一は随分《ずいぶん》と思い知らされていた。

そんな部署があっても不思議ではないと思う。

「じゃあお姉ちゃんは先にいくわ！　お邪魔虫は退散よ！」

そう言って睦子は学校へと走って行った。

「お邪魔虫って……昭和かよ……」

学校へ一緒に行きたくないという雄一の意思は尊重してくれているらしい。後ろからやってきてたまたま警察の話を聞いてしまい、口出しせずにはいられなかっただけなのだろう。

「お医者さんとかいいと思うよ。うん、平和な感じだし。それに就職先ならうちの病院もあるしね！　結構給料もいいと思うんだ！」

愛子が嬉《うれ》しそうに言う。

「まぁ羽振《はぶ》りはよさそうだよな、野呂《のろ》んちの病院」

そんなことを話しているうちに学校に到着《とうちゃく》した。

玄関《げんかん》ホールに入り、上履《うわば》きを履《は》くために下駄箱を開ける。

「ん？」

いつもと違う様子の下駄箱に雄一は首をかしげた。

手紙らしきものが入っている。

「それって……もしかして……」

雄一の様子がおかしいと思ったのか、愛子が隣にやってきて中をのぞき込んでいた。

雄一はそれを手に取った。確かに手紙のようだ。ピンク色の封筒《ふうとう》がハートマークのシールで留められている。

裏を見てみれば、坂木雄一様へ、とあるので宛先《あてさき》を間違えているわけでもない。

「ラブレター！」

愛子が大声で叫《さけ》び、雄一たちはやってきた生徒達の注目を一身に浴びていた。

＊＊＊＊＊

雄一は今朝の、下駄箱前での出来事を語った。

「なるほど。で、そのラブレターには、今日十六時に中庭で待つとあったのね。だからゆうくんは気もそぞろな様子でそわそわとしていたわけ！」

「そわそわとかしてねーだろ」

そう言われると何かむかつく雄一だった。

「けど、ラブレターの中身をなんで野呂さんが知っているの？」

疑問に思ったらしく、加奈子が聞いた。

「え？　あ、その……なんといいますか、つい開けてしまって……」

愛子が申し訳なさそうに言う。

「ついってお前な……」

血相を変えた愛子がぶつかるように突っ込んできてラブレターを奪《うば》ったのだ。そして封を開け、手紙を読み始めたのだった。

「えーと、ほら、気になるじゃないですか？　ラブレターなんて今時あまり聞かないですし、どんなことが書いてあるのかなーって……その……ごめんなさい……」

言い訳のように言い続けたが、途中《とちゆう》でこの筋では無理だと思ったのか愛子は雄一に謝った。

「いや、別にいいけどさ。それに行く気もないし……」

「駄目《だめ》よ！　ちゃんと行って話を聞いてくるべきだわ！」

睦子がホワイトボードをドンと叩《たた》く。

この手の話には興味がないのかと思っていたが、意外にも口を出してきた。

「えー？　けどさー」

「けどさー、じゃないわ！　いい加減なことしたら怒るから！　ラブレターを出すにも相当の勇気が必要だったはずよ！　それを無下にするっていうの！　そんなの失礼だわ！　さぁ！　早く行くのよ！」

追い立てるようにまくし立てられた雄一は席を立った。

あまり気乗りはしなかったのだが、そう言われれば確かに無視してしまうというのは失礼なことだろう。断るにしても会ってちゃんと言うべきなのだ。

「わかった。行ってくるよ」

雄一は嫌々《いやいや》ながらも部室を出て、中庭に向かい始めた。


「で、何で野呂がついてきてんの？」

「べ、別にいいでしょ。坂木くんが相手の子に失礼なことをしないか見に来てあげてるの！」

そっぽを向きながら愛子が言う。

中庭に向かう廊下を、二人は並んで歩いていた。

「……まぁいいけど」

そういうものかと雄一は気にはしなかった。

それに自分が失礼なことをしでかさない自信があるわけではない。情けない話ではあるが話が変にこじれた際にはフォローを頼《たの》めるかもしれない。そう思うと心強かった。

待ち合わせは十六時に中庭でとのことだったが、もう十分ほど過ぎてしまっている。雄一は、もう帰っているのではないかと勝手な期待を抱いてもいた。

「ねぇ……なんて人なの？」

「見たんじゃなかったのか？」

「そ、そんな隅々《すみずみ》までじっくり見たりしないよ！」

「名前は書いてなかった。イニシャルだけだな。C．D．って書いてあった」

「何だか怪しくない？　普通《ふつう》名前ぐらい書いとかない？」

「そう言われるとそうだな。一方的に知られてるってのはちょっと不気味か」

愛子は中庭への出口の前で立ち止まった。

「一緒に行かないのか？」

疑問に思った雄一が尋《たず》ねる。てっきりずっとついてくるとばかり思っていた。

「あのね、そこまでデリカシーがないわけないじゃない。ここからこっそり見てるから行ってきてよ」

「ま、二人で行くのもおかしいよな、やっぱり」

雄一は一人で中庭へと足を運んだ。

指定の場所へと向かう。中庭の中程《なかほど》にある時計塔《とけいとう》の下だ。

だがそこには誰《だれ》も待ってはいなかった。

──やっぱり帰ったのかな。

そう思うもそれで即座《そくざ》に引き返すのも薄情《はくじょう》な気がした雄一は、近くにあるベンチに座り込んだ。

だがしばらく待っても誰もやってくる気配がない。

──つーか、イタズラじゃねーのか？　これ。

雄一はここにくるまで疑いもしなかったと、軽い自己嫌悪に陥《おちい》った。ため息を吐《つ》き、うつむく。ラブレターぐらいくることもあるだろうという、自惚《うぬぼ》れがあったのかもしれない。

雄一はそのままの状態で周囲の状況《じょうきょう》を探《さぐ》った。イタズラなら誰かが見ているかも知れないが、きょろきょろとあたりを見回すのはためらわれた。

気配は二つ。一つは先程までいた校舎の中からこちらの様子を見ているらしき愛子だ。

もう一つは反対側の校舎の入り口にいて、こちらも雄一の様子を観察しているようだった。イタズラだとするならこちらが首謀者《しゅぼうしゃ》だろう。

さてこれからどうするか。そう考えていると気配の一つがこちらに近づいて来た。

その気配は真《ま》っ直《す》ぐに雄一へと向かってくる。

雄一は顔を上げ、その人物を確認《かくにん》し、呆気《あっけ》にとられた。

——何喰《く》ったらそうなんだよ！

第一印象がそれだった。

太っている人をビヤ樽《だる》にたとえたりするがまさにその通りの印象だ。

身長は雄一より低く、身体《からだ》は横に広く分厚い。ここまで太るには苦行の如《ごと》く食べ続けなくては駄目だろう。

ブレザーは特注らしく、それでも弾《はじ》けんばかりだった。つまりこの制服を作ったときよりもこの女はより大きく成長しているのだ。

——こんな奴《やつ》学校にいたっけ？

こんなのがそこらを歩いていれば記《き》憶《おく》に残らないわけがない。つまりこれまでに見たことのない生徒ということだ。

雄一は体形ばかり注目していたと慌《あわ》てて顔を見た。

髪はブラウンに染め、ゆるくカールさせたようなショートボブ。目は大きくはっきりしている。

顔だけを見れば可愛《かわい》い気がしないでもなかったがトータルの印象はとにかく太いということに尽きた。

――たまたまここを通りがかっただけのやつとか……。

別に太っているからといって邪険《じゃけん》にするつもりはない。ただ、なんとなく嫌な予感がした。歩き方が自信満々なのだ。睦子もそうなので、雄一は面倒くさいタイプの奴だと直感していた。

できれば関《かか》わりたくない。そんな雄一の淡《あわ》い期待をよそに、その女生徒は雄一の前までくると立ち止まった。そしてしっかりと雄一と視線を合わせる。

「坂木雄一……よくぞやってきた！」

「は？」

芝居《しばい》がかった物言いに雄一は混乱した。

――え？　何か好きだとか嫌《きら》いだとかそんな話じゃなかったか!?

「我の計略も大したものよ。うぬのような軽薄《けいはく》そうな男はあのような頭がすっからかんな手紙に誘《さそ》われてのこのこやってくると思っておったわ！」

――世紀末覇者かなんかのつもりか？　お前はどっちかというと山のフドウとかそっち

系だろ。

雄一は呆《あき》れた顔で座ったままその女生徒の顔を見上げた。頭の上を見る。

『伝承者』という文字列が浮かんでいた。

――伝承者……っていってもいろいろあるよな？　まさか武術関係か？

いろいろと疑問が湧《わ》き出《で》る。日本には伝承すべきものが多々あるだろう。物騒《ぶっそう》なものとは限らない。

「えーと……俺を呼び出したのはあんただよな？　何の用だ？」

雄一はいつもなら初対面の女の子にここまでぞんざいな話し方はしない。

だがこの女の物言いに対して、丁寧《ていねい》に対応するのも馬鹿《ばか》らしくなってきたのだ。

「何の用……か。ふっ、知らぬとは言わせぬぞ。おれのこの眼《め》！　黙示録の眼《アポカリプスアイ》を欺《あざむ》くことはできぬわ！」

雄一の緊張《きんちょう》が一気に高まった。

以前ならふざけたことを言う中二病女と切って捨てていたかもしれない。

だが今は違う。自分のようにソウルリーダーを持つ実例がいるし、吸血鬼《きゅうけつき》などという超《ちょう》常《じょう》の存在がいることも知っている。

それに邪神《じゃしん》の体の一部、神器によりおかしな力を身に付けるものがいるとも聞いているのだ。

「どういう意味だ？」

雄一は慎重《しんちょう》に問いかけた。もしかしたら探りを入れているだけかもしれないからだ。下手な事を言ってこちらの事情を悟《さと》られるのもまずい。

「この眼がわたしに告げる！　貴様が強者だとな！　戦闘力《せんとうりょく》一万八千……わしがこの学校でいままでに見た中ではもっとも強い！」

「どうでもいいが人称《にんしょう》ぐらい統一しろ！」

さっきから気になっていたことを雄一はツッコんだ。

一々変えられるとめんどくさくて仕方がない。

「ふふっ、うちにそこまで強気に出るとは大したものだな！」

「なぁ、そのご大層な黙示録の眼《アポカリプスアイ》とやらは戦闘力がわかる……ってことでいいのか？」

どうやらいきなり何かを仕掛《しか》けてくる様子でもないのでまずは話をすることにした。

この手の輩とすんなり話ができるのは睦子を散々相手にしているからだろう。そんな自分がちょっと嫌になる雄一だ。

「そういうことだ。人の頭上に数値が浮かぶのよ！　この能力こそ、わっちが選ばれし存在であるという証明だ！」

「なあ？　それ、そんなややこしい名前を付けなくてもスカウターとかでいいんじゃねーか？」

沈黙《ちんもく》が訪《おとず》れた。

女生徒はバツが悪いという顔をして黙《だま》りこくっている。雄一は少し気まずくなった。

「う、うるさい、うるさい！　朕《ちん》の能力は黙示録の眼《アポカリプスアイ》なの！」

途端《とたん》に駄々《だだ》をこねるようなことを言い出した。それにしても朕はないだろう。

「はぁ……で、結局何の用なんだよ？　つーかお前の名前は？」

「うぬなどに名乗る名前はないわ！」

――呼び出しておいてなんだそれは……。

雄一は段々と阿呆《あほ》らしくなってきた。これは放って置いても特に問題がないタイプかもしれない。

「あ、千春ちゃーん！　こんなところにいたー！　みんなでカラオケ行くんだけど、どうするー？」

校舎から声が聞こえてきた。三人組みの女生徒が目の前の女に届くようにと大声をあげている。

「ごめーん！　後で行くから！　メールするね！」

千春と呼ばれた女生徒は気さくにそう応《こた》えた。

「さて、うぬへの用件だが」

千春は雄一に振《ふ》り向《む》き、真面目《まじめ》ぶった顔で言った。

「めんどくさいやつだな！　今普通にしゃべってたじゃねーか！」

「これから戦うというのに親しみやすくしてどうするというのだ！」

「千春ね……フルネームは？」

「ふっ、うぬの奸計《かんけい》により名前がばれてしまった以上仕方あるまい。壇ノ浦千春というのだ！　これから貴様を屠《ほふ》るものの名よ！　地獄《じごく》の鬼《おに》にでも語ってやるがよいわ！」

「戦うってどういうことだ？　理由がないんだけど？」

「理由か……何、大したことではない。わらわの能力では自分の戦闘力がわからん。ならば戦って試《ため》すしかなかろうが！」

雄一はこいつも自分に対しては能力が使えないんだなと妙《みょう》に納得《なっとく》してしまった。邪眼の類《たぐい》はそういうものなのかもしれない。

「壇ノ浦さん、戦うっていうぐらいだから、あんた何かやってるのか？」

千春の立ち姿には妙な風格がある。それにここまで歩いてくるのを見ていたが、とても安定した足運びだった。ただのデブとはとても思えない。

「僕の流派は壇ノ浦流弓術！　近接格闘に特化した、那須与一《なすのよいち》を創始者とする無双《むそう》の弓術よ！　俺《おれ》の実力を測るには、坂木雄一！　貴様がもってこいの相手だと思ったのよ！」

あまり知られてはいないが弓による近接格闘技術は存在する。打根術《うちねじゅつ》の技法の一つだ。弓の矢尽《つ》き果《は》てた弓兵が戦場で生き残るための術で、弓を槍《やり》のように用いることがある。弓の先端《せんたん》、末弭《うらはず》に槍を取り付けた弭槍と呼ばれる武器も存在した。

「弓術って……弓はどうしたんだよ」

千春は手ぶらだった。弓矢を隠《かく》し持《も》っているようにも見えない。

「ふふっ！　剣術《けんじゅつ》がいずれ無刀の境地に達するように！　我らが流派も無弓の境地にいったのだよ！」

千春はとても自慢《じまん》げだった。よくわからないがそれはとても誇《ほこ》らしいことのようだ。

「いや、飛び道具でそれは意味ねーんじゃねーか？」

弓は遠距離《えんきょり》から一方的に攻撃《こうげき》するための武器だ。それを無くしてしまっては何がなんだかわからない。無刀とは事情が異なるだろう。

「阿呆《あほう》か、坂木雄一！　戦場では何が起こるかわからないのだ！　弓を無くすこととてあるやもしれぬ。その際に抵抗もせず、ただ殺されろというのか？　創始者はそんな局面でも生き延びるための方法を模索したのだよ！　それにだ、弓は私の心の中にある！　魂《たましい》の内に秘《ひ》めているのだ！」

　千春はドンと胸を叩いた。やはり自慢げだった。

「わかったよ。戦うならさっさとやろうぜ」

　相手が女であろうが挑《いど》んでくるなら拒《こば》みはしない。そのあたりはあっさりと割り切れる雄一だった。

「待て！　こっちは流派を名乗ったのだ！　そちらも名乗るのが礼儀《れいぎ》であろうが！」

「ねーよ、そんなもん！」

　焦り気味に雄一は返した。その話題をあまり引っ張りたくはない。

　姉が編み出した武術の名は零式過剰防衛術《ぜろしきかじょう》というのだが、そんな名乗りを上げるなどその時点で負けた気になる。一度このネーミングについては姉ととことん話し合うべきだとも思っていた。

「はは一ん、嘘《うそ》だな？　その場合ただでさえ敗色濃厚のお前がさらに不利になるのだぞ？」

「敗色濃厚って、話してるだけだろうが」

「そんなものわっちが遅《おく》れてやってきたからに決まっておろうが！　古来よりそうなのだ！　巌流島《がんりゅうじま》の戦いのように遅れてきた方に勝ちフラグが立つのだ！　どうだ！　儂《わし》が中々やってこなかったことで苛立《いらだ》っておろう！　そのストレスが貴様の実力に陰《かげ》りをもた

らすのだ！　そして！　流派も名乗れないような半端者《はんぱもの》が勝てる道理などないのだ！」

「苛立ちっつーなら、今お前と話してることで苛立ってるよ！　やるならさっさとやろうぜ！」

「ふふっ！　ならば勝負だ！」

そう言うと千春は雄一に背を向けて一目散に駆《か》けだした。

「は？」

雄一は混乱した。

見た目に反して千春の足はとても速い。雄一がぼうっとしているうちに校舎に到達《とうたつ》しようとしている。

すぐに追いかければ背後からの一撃《いちげき》で倒《たお》せただろう。だが、雄一はこの時逃《に》げたのなら放っておいてもいいかと考えたのだ。しかし放置しておいては後々面倒《めんどう》なことになりそうだと考え直した。

この逡巡《しゅんじゅん》が千春を救った。あるいはこれも計算のうちだとすれば、千春は大したものだ。口八丁とふざけた態度だけで雄一のやる気をそぎ、出し抜いたのだ。

雄一は慌てて千春を追いかけ始めた。

校舎に入ったところで千春の姿は見えなくなっていた。

反響《はんきょう》する足音から行き先を特定し後を追う。廊下をしばらくいくと、下への階段がありそちらから気配を感じた。

雄一はこれまで行ったことはなかったが、この下には地下室があり倉庫になっている。

雄一は廊下から、階段へと足を踏《ふ》み入《い》れた。

千春は階段の中程に立っている。手には巨大《きょだい》な弓を持っていた。アーチェリーで使用するコンパウンドボウだ。

「どこからツッコんだらいいんだよ……無弓じゃなかったのか？　なんで洋弓《ようきゅう》？」

それでも疑問点を問いただす雄一だった。

「ははは！　油断しただろうが！　それに！　洋弓の方がパワーがあるし、なによりかっこいい！」

「伝統はもうちょっと大事にしろよ！」

だが、ごちゃまぜの武術をやっている雄一に言えた義理でもなかった。

「武術も環境《かんきょう》に合わせて進歩する！　より優《すぐ》れた道具があるのなら使うのは当然だ！」

千春は弓を横に倒し水平に構えた。階段の幅《はば》ギリギリだ。

「……この光景をイラストにしたら、弓オタが烈火《れっか》の如くツッコんできそうだな……」

和式だとすれば弽《ゆがけ》を装備していないし、洋式だとしたらリリーサーを持っていない。素手《すで》で弦《げん》を引くつもりのようだ。

「エクステンド！」

雄一がぼやいていると、千春が叫んだ。

弓の両端《りょうたん》から針状のアンカーが飛び出し、派手な音を立ててコンクリート壁《へき》に突《つ》き刺《さ》った。

千春が矢をつがえる。

さすがに殺すつもりはないのか鏃《やじり》は付いていない。だが鉄パイプのごとく太い矢だ。喰らえばただではすまないだろう。

そして千春は弦をつかむと階段の下に落ちるかの如く、全体重をかけて引《ひ》き絞《しぼ》りはじめた。

千春の体は階段と水平になるぐらい反り返っている。スカートがまくれ上がりパンツが見えていたが特に嬉しくはなかった。

「ただ体重が重いだけだとでも思ったか！　重さとは力なのだ！　そう！　このためなのだ！　決して甘《あま》いものが大好きだからではない！」

「なぁ？　その準備は予《あらかじ》めしとけばよかったんじゃないのか？　なんで俺が来てからやってんだよ」

この作戦なら雄一がやってきた瞬間《しゅんかん》に発射すべきだ。雄一が現れてから悠長《ゆうちょう》に準備している場合ではない。

「かっこいいからに決まっておろうが！　エクステンドするところを見せたいじゃないか！」

なんとなくその言動は睦子を彷彿《ほうふつ》とさせた。それにこのギミックには睦子が関わっているのではないか？　そんな予感がする。

「で、俺が廊下に戻《もど》ったらどうするつもりなんだ？」

弓は固定されているので矢の軌道《きどう》は変えられない。つまり攻撃を避《さ》けるなら、雄一はこの場をただ去ればいい。

「……その場合は……その……そう！　逃げたのだからお前の負《ま》けだ！」

雄一が逃げる、もしくはここにやってこないというケースは想定していなかったらしい。

千春は焦り気味にそう言った。

「なんかもう、負けでもいい気がしてきたんだけど……」

だがそうは言うものの雄一は負けず嫌いだ。挑まれた勝負から逃げようとは思わない。

千春の言いそうなことを考えれば、発射前に片付けるというのもこちらの負けにされそうだ。ならば発射後に対応するしかないだろう。

「喰らえ！」

体重をかけて限界まで絞りきった強弓《ごうきゅう》が極太《ごくぶと》の矢を解き放つ。

千春はそのまま階段をごろごろと転がり落ちた。

矢は空を切《き》り裂《さ》き、唸《うな》りを上げて飛んでくる。

雄一はあっさりと矢をつかみ取った。

顔の前で力を抑え込まれた矢が、暴れるように震《ふる》えている。

「俺の勝ちってことでいいか？」

軌道もタイミングもわかりきっていたのだ。つかみ取るぐらい造作もないことだった。

「なん……だと？」

千春が階段の下から呆然《ぼうぜん》と雄一を見上げている。

矢は一本しかないようだった。もう射ってはこないだろう。

「くっ！　……あぁ！　今頃《いまごろ》気付いたが、弓を元に戻せないではないか！　これでは持って帰れない！　怒《おこ》られる！」

「……怒られるとかそういう問題かよ……」

矢を放り捨て、雄一は階段を下りた。この一度展開すると元に戻せない機構も睦子がやりそうなことに思える。

関係がない気もするが、千春があまりにも情けない顔をしているものだから、後片付けの手伝いぐらいはしてやろうかと雄一は考えた。

「これ壊《こわ》してもいいか？」

弓の前に来た雄一が聞く。真っ二つにすれば回収はできるだろう。

「うむ……仕方があるまい……もったいないが……そうだな。工具を取ってこようじゃないか」

そう言って千春は雄一の隣《となり》をすりぬけて階段を上っていく。そして最上段に辿り着いたところで振り返った。

「ひっかかったな！　坂木雄一！　それも含《ふく》めて我《わ》が策なのだ！　これぞ地の利を活かす壇ノ浦流兵法よ！　もう逃げ場はない！」

「策って……お前すげー焦ってただろ」

階段の上まで行ったところで急に思いついたに違《ちが》いない。

「うるさい！　勝てばよかろうなのだ！　喰らえ！　壇ノ浦式フライングボディアタック！」

千春は飛んだ。

「もうちょっとネーミング考えろよ！」

百キロ以上はあるだろう肉の塊《かたまり》が宙に浮く。凄《すさ》まじい迫力《はくりょく》だ。

千春は身体を横にして逃げ場をなくすようにしてボディプレスを仕掛けてきた。

微妙《びみょう》な軌道だった。このまま飛んでくれば腰《こし》のあたりにぶつかるだろう。下がるにしても弓があるし、一番下まで行っても地下室のドアは閉まっている。

逃げるなら前だ。千春をくぐり抜けて階段を上ればいい。

だが雄一は迎撃《げいげき》を選んだ。

優《やさ》しく受け止めることも出来るかもしれないが、それはなんとなく嫌《いや》だった。

雄一は腰を落とし左足を前へと進め、左拳を突き上げた。

通天炮《つうてんほう》。

八極拳の一手だ。簡単にいえばアッパーで、通常なら下から顎《あご》を打ちぬくように使う。もちろん飛んでくるデブを迎撃することを想定した技ではないが、この状況でなら役に立つ。

雄一の拳が千春の脇腹《わきばら》に突き刺さった。

ここからさらに次の手を繰り出す。

左手を引き、右足を跳ね上げて蹴《け》った。

蹴った反動で右足を下げ、更《さら》に左足を蹴り上げる。

連環腿《れんかんたい》、これも八極拳の技だ。

ここまでしてようやく肉の塊はその勢いを失い跳ね飛ばされた。

千春は天井《てんじょう》に激突《げきとつ》し、ベタンと階段に落ちる。

雄一の勝利だった。


「うう……わ、わたしの負けだ……素直《すなお》に認めよう……」

分厚い脂肪《しぼう》が打撃《だげき》を吸収するのかそれほど堪《こた》えている様子はない。

千春は横たわったまま雄一を見上げてそう言った。

「俺が一番強そうだからって挑んでくる勇気には感心するけどな、自分の強さを測りたいだけなら弱い奴から順に試した方がいいんじゃないのか？」

「はっ！」

千春が目を丸くする。

「……一番強いのに勝てれば私の戦闘力は一万八千以上！　そう思ったら浮かれてしまっ

てそれ以上のことが考えられなくなっていたのだ！　それにこれだと最短の場合一戦するだけで済むではないか！」

――まぁ、それほど悪い奴でもなさそうか……馬鹿だけど……。

「まぁ何でもいいけど、これで満足したか？」

負けを認めたようなことは言っていたが一応確認しておく。

「くっ！　殺せ！」

「なんでだよ！」

「敗者は勝者にもて遊ばれるものなのだ！　くっころなのだ！　覚悟《かくご》はできている！　私を好きにすればいい！」

そう言ってシャツをはだける。

バストはありそうだが、それは純粋《じゅんすい》に胸囲という意味でだろう。胸だか肉だかわかったものではなかった。

――負けたらエロいことされるって、どんなエロゲ脳だよ……。

「いや……ごめん、勘弁《かんべん》して……」

げんなりとして雄一は謝《あやま》った。

「わかった！　では、お前を私の逆ハーレムに入れてやろうではないか！」

雄一の拒絶《きょぜつ》にめげずに千春は食い下がった。

「一段と立場が下がってないか？　って、お前のハーレム？　冗談《じょうだん》だろ？」

「亀《かめ》が三匹とポメラニアンが一匹いる！　そこにくわえてやろうじゃないか！」

「亀や犬と同列にされてる⁉　それはお前のペットだろうが！」

「ポメラニアンを舐《な》めないでもらいたいものだ！　東京ジャングルを生き抜く逸材《いつざい》ぞ！」

「そんなワニとかライオンに勝てる犬は現実にはいねぇよ！　……まぁ勝ったからどうとかねーよ。そうだな、じゃあいくつか質問に答えてもらえるか？」

「尋問《じんもん》か？　よかろう！　どんな恥《は》ずかしい質問にも赤裸々《せきらら》に答えてやろう！」

いちいちノリがうざいのはもう無視することにした。姉で慣れているので、似たようなものだと思えばいい。

「お前のその眼だけどさ、なんでそうなったんだ？　生まれつきってわけでもないんだろ？」

「うむ。夏休みぐらいに急に覚醒《かくせい》したのだ」

「誰かにもらったとか？」

「いや、それはなかったな。そんな素敵《すてき》イベントがあるなら今からでもやり直してもらいたいものだが」

アウターに与《あた》えられたわけではないようだ。邪神が関係あるのかはいまいちわからないが、もし神器を宿しているのなら共鳴を知る手掛《てが》かりになるかもしれない。

「お前の持ってた弓だけど、自作か？」

「坂木先輩に作っていただいたのだ！」

「姉ちゃん……なにこんなやべー奴に危ねーもん提供してるんだよ……」

雄一は額を押《お》さえてうつむいた。やはりだ。こんなものを作るのは姉以外にはありえなかった。

「お前……俺が坂木睦子の弟だと知った上で挑戦《ちようせん》してきたのか？」

「なんだと！　そう言えばお前も坂木だったな！　そんなこととは露知らず！」

大げさに驚《おどろ》いているが、驚き自体は嘘ではないようだ。

「露知らずじゃねーよ、気付けよな……」

「そうは言われてもな。坂木など、そう珍《めずら》しい苗字《みようじ》ではあるまい」

「そりゃ、壇ノ浦に比べたら珍しくもないだろうよ。そういや、俺はお前のこと知らなかったんだけど何組だ？」

「１‐Ｇだ」

「あぁ、音楽科か」

星辰高校《せいしんこうこう》には一般科の他に音楽科と経済科がある。AからFが一般科、Gが音楽科、Hが経済科だった。

カリキュラムが違うので一般科と音楽科では行動パターンが違う。それで見かけなかったのだろうと雄一は納得した。

「ちなみに私は合唱部でも活動している。さっき声をかけてきたのは合唱部の友達だ」

「なん……だと……？」

「どうした？　何を絶望したような顔をしておる？」

千春には雄一の反応がまるでわからないだろう。実は雄一はまだ合唱部に入ることを諦《あきら》めてはいなかったのだ。だが、千春がいるような部活となるとそれもためらわれる。

「いや……人生はままならないものだと痛感していただけだ……じゃあな。もう挑戦とかはやめてくれよ……」

雄一はとぼとぼと階段を上り、その場を後にした。

＊＊＊＊

雄一はしばらくして帰ってきたが、少し様子がおかしかった。

「ねぇ？　断ったの？　どうだったの？　何でしょぼくれてるの？」

断ったかどうかを真っ先に聞くあたり愛子も素直だ。

女生徒が逃げ出し、雄一がそれを追ったところで、付いていくべきか愛子は迷った。だが見つかるのもまずいかと考えて、そのまま待っていたのだ。

待っている間は気が気ではなかった。告白するような雰囲気《ふんいき》にも見えなかったが、それでもラブレターを出してきた相手だ。何がどうなるものかまるでわからない。

愛子はそわそわと待ち続けていたのだった。

「あぁ、勝ったよ」

「へ？」

告白の行方が勝ち負けとどう関係があるのか愛子にはまるでわからなかった。

「よくわからないんだけど……って……なんでじっと見てるの？」

雄一は愛子をまじまじと見つめてほっとしたような顔をしている。

恥ずかしくなってきた愛子は反射的にうつむき、上目遣《うわめづか》いにそう言った。

「いや……野呂はコンパクトでいいな、って思っただけだよ。見てて安心する」

「コ、コンパクト？　安心？」

誉《ほ》められたのかどうなのか、よくわからずに愛子は戸惑《とまど》った。

チビと言われたのと同じことだと気付くのは、しばらく経《た》ってからのことだった。

第四章　【十月四週目】妖怪《ようかい》お気に入り外し

「妖怪お気に入り外し？」

雄一《ゆういち》は首をかしげた。

姉の趣味《しゅみ》のおかげでメジャーな妖怪の名前ぐらいは知っている雄一だが、それは聞いたことがない。

放課後、サバイバル部の部室に雄一たちはいた。

いつものように睦子《むつこ》はホワイトボードの前に立っており、ホワイトボードには「青面」「りせまら」「お気に入り外し」「ありのまま」「壁どん」などの聞いたこともない、妖怪らしき名前が書かれている。

参加者は、睦子、加奈子《かなこ》、雄一、愛子《あいこ》の四人だ。ここ最近奈月《なつき》は部活に顔を見せていない。授業が終わるとすぐに帰宅するらしく雄一は少し気にしていた。

「そう！　昨今急増して人に迷惑《めいわく》をかけつづけている妖怪よ！」

「ええ！　とても恐《おそ》ろしいの！」

加奈子もそれに同調している。

今日のテーマは妖怪とのことだった。

「名前の感じからすると、しょーもない系の妖怪か？　枕《まくら》をひっくり返すだけの妖怪とかいただろ？」

「枕返しのこと？　あれはとても恐ろしい妖怪なのよ。その昔、寝《ね》ている間の人間の魂は体から離《はな》れて夢の世界に行っていると考えられていたの。そのゲートとなっているのが枕なのよ！　でね、寝ている間に枕をひっくり返されちゃうと、魂が体に戻らなくなるとされていたの。つまり死ぬってことよ！　まぁ魂うんぬんというのが忘れ去られちゃってからは、単に枕をひっくり返すだけのイタズラってことになっちゃうわけなんだけど」

そういえば、夏休みに雄一が戦った相手は枕返しの亜種《あしゅ》だと真希那《まきな》は言っていた。魂を喰うらしいので、睦子が言うような伝承が何か関係あるのかもしれない。

「でもね！　伝承がすたれたり曖昧《あいまい》になったりした妖怪ってのは力を損《そこ》なうのよ。現在にいたっては枕返しには大した力はないと考えられるわ！　けどね、妖怪お気に入り外し。こいつは違うわ！　これは今現在もっとも恐ろしい妖怪なのよ！　妖怪とは不可解な現象を説明するための理論体系だなんていう人もいるし、そうだとするなら文明の進歩に応じてあらたな妖怪が出現してもおかしくないってことよ。つまり！　これはインターネット時代に現れた新種の妖怪なのよ！」

「へぇー。で、そいつは一体どんな面白《おもしろ》おかしいことをやらかしてくれるんだ？」

あまり真剣《しんけん》ではない様子で雄一は聞いた。

「ツイッターのフォローを外すのよ！」

睦子が恐怖《きょうふ》に彩《いろど》られた表情でもったいぶって話す。

「……え？　だからなんなんだよ？　外れたんならもう一度フォローしたら？」

あまりのしょうもなさに雄一はあっけにとられた。

愛子はなんだかわからないという顔をしている。

「何を言っているの！　知らない間にフォローが外れているのよ！　外された相手からしたら、なんでフォロー外されたんだろう？　もしかして嫌われちゃったのかな？　って考えちゃうじゃない！　そして人間関係がぎくしゃくしはじめるわ！　コミュニケーションを阻害《そがい》する恐ろしい妖怪じゃない！」

「あのー、本当に友達だったら、ごめんね、とかで済む話のような……」

睦子の危機感は愛子には伝わっていないらしい。

雄一も同感だ。それぐらい、どうでもいいじゃねーかと思う。

「それだけじゃないの……ツイッターでの所業はそいつの活動のおまけにしかすぎないの。

本当の恐怖は小説投稿サイトでお気に入りを外しちゃうことなのよ。がんばって投稿して地道にお気に入りを増やしていって、それがいつのまにか減っているの。本当に恐ろしいわ……」

加奈子までが恐ろしげにそんなことを言う。

小説投稿サイトでは読者が面白かった、続きを読みたいと思った小説をお気に入り登録する。つまりお気に入り登録数が小説の人気を如実《にょじつ》にあらわしているのだ。人気ランキングもお気に入り数で決まるため、これを増やすことが、投稿者の目的の一つとされていた。

「それって単純につまらなくなったから外されたんじゃ……」

雄一は思わず口にし、即座《そくざ》に後悔《こうかい》した。

加奈子はショックを受けたのか雄一から目をそらし、しょんぼりとうつむいている。

「あーあ！　ゆうくんたらひどいわ！　織原《おりはら》さんを傷つけるなんて！」

「坂木《さかき》くん！　今のは言いすぎだと思うんだけど！」

「え？　いや、その、ごめんなさい……」

雄一は二人に非難されて素直に謝った。

多勢に無勢、言い訳は無駄《むだ》だろうし、今のは確実に自分が悪い。

「ゆうくん！　謝ったぐらいじゃ織原さんの笑顔《えがお》は取り戻せないわ！」

だが睦子はさらに追い打ちをかけてくる。

「あ、あの、だったらまた雄一くんには取材に付き合ってもらえたら……」

大してショックを受けてはいなかったのか、顔を上げるとおずおずと加奈子は言う。

「あの、取材に行っても減ったお気に入りは戻りませんよね？　それと織原さんはもう本を出してるんですから、投稿サイトのお気に入りはあんまり関係ないんじゃないですか？」

愛子が冷静に指摘《してき》した。少し機嫌《きげん》が悪いようにも見える。

「そ、その……そう！　投稿サイトの人気が売上げを左右するの！　だから、人気を得るためには取材が……」

加奈子の声が小さくなっていく。今の所、取材が必要そうな小説を書いてはいないからだろう。そのあたり加奈子は正直者だった。

「よし！　とにかく、その妖怪お気に入り外しとやらをぶっとばせばいいんだろ！」

微妙な空気にいたたまれなくなってきた雄一は、立ち上がるとそう宣言した。

なんだかよくわからないが、お気に入りを外しているのがそいつなら倒してしまえばいいのだろう。

「……なんでも殴《なぐ》って解決できると思うのはどうかと思うんだけど……」

愛子がぼそりと言う。雄一は聞こえないふりをした。

雄一、睦子、愛子の三人は部活の後、繁華街《はんかがい》にあるネットカフェへとやってきた。

加奈子はあまり遅《おそ》くまでは出歩けないとのことで先に帰っている。

「で？　その妖怪お気に入り外しがここからネット工作をやってるってことなのか？」

うさんくさげに雄一は聞いた。

どうにも信じがたい。なんで妖怪がこんなとこでそんなことやってんだよ、と思う。

「ええ。間違《まちが》いないわ！　私の綿密な調査の結果、ここ最近のお気に入り外しの行動は全《すべ》てこのネカフェで行われているのよ！」

そう言って睦子はびしりとネットカフェの入り口を指差す。入り口には「地域最安！」の幟《のぼり》がはためいていた。

睦子は、雄一がお気に入り外しを倒すと言うと、部室のパソコンで何やら調べ始めたのだ。そしてあっという間にお気に入り外しを見つけてしまったらしい。

「あの、そんなことどうやったらわかるんですか？」

愛子が不思議そうに聞く。

ネット関連に疎《うと》い愛子からすればよくわからないのだろう。

「投稿サイトのサーバーに侵入《しんにゅう》してここ最近でお気に入りを外しているユーザーの履歴《ログ》を調べていったの。すると不自然なログが見つかったわ！　不特定多数のユーザーがこのネットカフェのＩＰからアクセスしてお気に入りを外しているのよ！　どう考えたって怪《あや》しいわ！」

「……姉ちゃん……それ犯罪だからあまり大声で言うなよ……」

三人はネットカフェの中に入ると受付をすませ、オープン席のブースへと向かった。

愛子はネットカフェは初めてなのかきょろきょろとあたりを見回している。

飲み物を取ってきた三人は、空いている席に腰掛《こしか》けた。

「そのＩＰとかでどの席に座《すわ》っているのかとかが、わかるんでしょうか？　今ここにいるのかとかも？」

愛子がやはりよくわからないという様子で聞いた。

「大丈夫《だいじょうぶ》よ。今もネット工作中みたいだから。運営のサーバーに仕込んだスパイウェアがリアルタイムで私に情報を送ってきているの。すごい勢いでお気に入りを外してるから、そんな感じのことをしている人を見つけたらいいのよ！」

睦子は自慢げにスマートフォンを見せつけた。よくわからない文字の羅列《られつ》が画面の中を流れている。

そんなものを見せられても内容はさっぱりだが、睦子が今も犯罪行為を継続中であることはなんとなくわかった。

「って言われてもな。そんな奴《やつ》がこんなとこでおおっぴらにやってるもんか？　個室にいるなら踏み込むわけにも……」

雄一はあたりを見回した。

いた。

オープン席ブースの隅《すみ》。その人物は何やら忙《いそが》しそうにパソコンを操作していた。

頭上には『お気に入り外し』と文字が出ている。

出ている以上間違いはない。妖怪かどうかはわからないが、なんらかのネット工作を行っている者がそこにいた。

「そいつだ……」

あまり目立たないようにそっと指差す。

「え？　そんな簡単に……って、あぁ！　坂木くんにはわかるんだったね」

雄一にはソウルリーダーがある。頭上に浮《う》く文字で相手が何者かがわかるのだ。

こんな事態では実に便利な能力だった。だが便利すぎて、もしこれがミステリーなら顰《ひん》蹙《しゅく》を買うところだろう。

「で、見つけたはいいけどどうすりゃいいんだ？」

まさかネットカフェ内でいきなり襲《おそ》いかかるわけにもいかない。

「とりあえずうちに連行しましょう！　そして織原さんのお気に入りを外したかを問《と》い詰《つ》めるのよ！」

「……連行って……いくらなんでもそれはどうなんだよ」

「大丈夫！　相手は妖怪だから！　拉致《らち》監禁《かんきん》しても問題ないから！」

「いや……大丈夫って言われてもな……」

そう言われても、ネットカフェでパソコンを操作している人物を勝手に妖怪と決めつけて、連れて行くわけにもいかないだろう。

だが、このまま見ていても仕方がないので、雄一はとりあえずお気に入り外しと話すことにした。

雄一はお気に入り外しにゆっくりと近づいていく。

お気に入り外しはフードをかぶった小柄《こがら》な人物だ。すぐに顔がわからないので、一応身を隠そうとはしているらしい。

「こんにちは。ちょっといいですか？」

声をかけてみたが、お気に入り外しはパソコンの操作に夢中なのかまったく反応しない。

少しイラついた雄一はフードに手をかけた。

「なにすんのよ！」

その人物が怒声《どせい》と共に振り返る。

「は？」

雄一は一瞬《いっしゅん》戸惑《とまど》った。

少女だったからだ。

それと、やはりただの人間ではなかったことも雄一の驚きに拍車《はくしゃ》をかけた。その頭上には普通《ふつう》の人間にはない器官、丸い耳が生えていたのだ。

「あっ⁉」

少女は耳を見られたと気づくとフードをかぶり直し、慌《あわ》てて席を立った。

そしてあっという間に店外へと駆けていく。

「どうする⁉」

「追いかけるに決まってるわ！」

睦子が勇ましげに言う。

雄一達《たち》もその後を追うようにネットカフェを飛び出した。

「ってどこ行ったかなんてわかんねーよ」

店を出るとすぐに繁華街の雑踏《ざっとう》だ。ここに紛《まぎ》れられては見つけるのは困難だろう。

「坂木くん！　文字！　文字を捜して！」

「あぁ、そうだな！」

愛子に言われ、雄一はあたりを見回した。

すると離れて行く『お気に入り外し』の文字が見える。

「こっちだ！」

雄一は少女がいる方角へと駆け出した。

人通りが多くうまく進めないが、しかしそれは少女も同じだ。

同じような間隔《かんかく》を保ちつつも、追い続ける状況《じょうきょう》がしばらく続いた。

このままでは逃げ切られてしまうかもしれない。雄一が焦り始めた頃《ころ》、状況に変化が訪《おとず》れた。

少女が誰《だれ》かに絡《から》まれ、そして裏路地へと連れて行かれたのだ。

「どうなったんだ？」

「知り合いっぽかったわね……妖怪の仲間かしら？」

「その割にはなにか険悪な様子でしたけど……」

雄一達は少女の後を追い、裏路地へと入った。

「ちょっと！　離してくださいよ！」

「おいおい、挨拶《あいさつ》もなしでどこに行こうってんだよ？　え？　お前自分の立場わかってんのか？」

少女を捕《つか》まえているのはひょろりと背の高い男だった。ジャラジャラとした銀色の装飾《そうしょく》を体中に着けていて、とても堅気《かたぎ》には見えない。

そして、頭上には『鎌鼬《かまいたち》』の文字が浮かんでいる。

「鎌鼬って妖怪だよな……」

「え!?　嘘《うそ》！　あれが？　超《ちょう》メジャー妖怪じゃない！　けどちょっと貧相な感じがいただけないわ！　あれじゃただのチンピラじゃないの！」

鎌鼬にどんなイメージを持っていたのかは知らないが、見知らぬ男にだめ出しをする睦子だった。

鎌鼬はその名の通り、鎌をもった鼬の妖怪のはずだが、お気に入り外しとは違って、見た目はただの人間だった。

男は掴《つか》んでいた手を放すと、乱暴に少女を突き飛ばした。

壁にぶつかり少女はよろめく。痛そうにしている少女と雄一は目が合った。

「あんた達《たち》、早く逃《に》げて！　私を追いかけてる場合じゃないから！」

切羽詰《せっぱつ》まった様子で少女は叫《さけ》んだ。

「あぁ？　お前人間に追われてたのかよ。しょーもねーやつだなぁ。まぁいい。これも運が悪かったと思ってあきらめろや、人間」

鎌鼬は不気味な笑《え》みを浮かべて雄一達へと迫《せま》ってきた。

＊＊＊＊

オオサキ。

イタチの姿をしていると言われる妖怪だ。

貧富の差を説明するための妖怪として知られている。

かつての村には様々な産物を買い取るために仲買業者がやってきていた。

その業者は買い取り金額を決める際に秤《はかり》を使用するのだが、オオサキという妖怪は秤が大好きで、秤が取り出されるとその上に乗ると言われている。

そして、これがオオサキの特徴《とくちょう》なのだが、この秤の皿か錘《おもり》のどちらか一方だけを好むとされているのだ。

なので皿の方に乗るオオサキが住み着いた家では、少し買い取り金額が上がる。

逆に錘に乗るオオサキが住み着いた家では、買い取り金額が下がるとされていた。

なぜこのような妖怪が想像されたのかといえば、それは狭《せま》い村社会での軋轢《あつれき》を避けるためだ。

同じことをしているはずなのに少しずつ差が開いていく。

ある家は裕福《ゆうふく》に、ある家は貧乏《びんぼう》になっていく。

実際、差があるということはそこには違いがあったのだろう。

だがそれが明確に検証されることはなかった。貧富の差による、差別、嫉妬《しっと》を避けようとしたのだ。曖昧なままなんとなくうやむやにしようとするのが村の知恵《ちえ》だった。

各家庭に違いなど無い。

ただ、住み着いたオオサキが悪かった。そういうことにしておいたのだ。

オオサキはそのために生まれた妖怪だった。

＊＊＊＊

「つまりオオサキが現在のネット環境《かんきょう》に応じて変化したのが妖怪お気に入り外しということなのね！」

「そ、そうなんです。私は不平等さを軽減するためにやってるんです。決して嫌がらせのためにやっているわけではないんです。私のような者がいるということになれば、人はお気に入りが減ったことを私のせいにできます。そう！　私はスケープゴートというやつなんです。いけにえの山羊《やぎ》なんですよ！」

「イタチだけどな」

少女の頭部に生えている丸い耳はイタチのものらしかった。

だがイタチの耳を一目で判別できるほど、雄一は動物に精通してはいない。

「でも一所懸命《いっしょけんめい》やってたよね」

愛子も冷ややかに指摘する。

坂木家の二階、雄一の部屋には雄一、睦子、愛子、そしてお気に入り外しが集まっていた。依子《よりこ》は友達と遊んでから帰ってくるとのことで、ここにはいない。

「そ、そりゃまぁ、お気に入りが減って落胆《らくたん》する人の顔を想像しながらやってましたけどね」

お気に入り外しは邪《よこしま》な笑顔をみせた。

「けど、なんだって同じネカフェから工作し続けていたのかしら？　少しずつ店を変えれば足も付きにくいのに」

「あの店が地域最安なもので……今度から気を付けます……」

「妖怪も大変なんだね……」

愛子がなぜか同情を示していた。

「いやぁそれにしてもイタチ業界でも最強と名高い鎌鼬をぶっ飛ばすってすごいですねぇ。妖怪があんな勢いでふっとんでいくの初めて見ました！　すかっとしましたよ！」

「イタチ業界って他に何がいるんだよ……」

「坂木君、結局またぶっ飛ばして解決したよね……」

愛子が呆《あき》れたように言う。

雄一は鎌鼬を前蹴りの一撃《いちげき》で沈《しず》めた。

鎌鼬は何かをしようとしていたが、それを悠長《ゆうちょう》に待っているほど雄一もお人好《ひとよ》しではない。

鎌鼬を沈めるとお気に入り外しはあっさりと言うことを聞き、雄一の家へと付いてきたのだ。

「あ！　けど鎌鼬は三人組なんですよ。もしかして残り二人と一緒《いっしょ》に報復にやってくるかもしれないですけど……」

鎌鼬は突然《とつぜん》の切り傷を説明するための妖怪だ。

もともとは構え太刀と呼ばれていたものが訛《なま》り、かまいたちと呼ばれるようになっただけで、本来鼬とは関係がない。

鎌鼬には様々な伝承があるが、そのうちの一つに三人組だというものがある。一人が転《こ》かし、一人が斬《き》り付《つ》け、一人が薬を付けて治すため、傷口から血が出ないとされていた。

「けど、あれって意味がよくわからないよな。なんでわざわざ怪我《けが》させてから治すんだよ」

傷口から血が出ないことを説明するためだとすれば、ずいぶんと適当だ。もうちょっと考えろと言いたい。

「どうしてなんでしょうか。そのあたりは聞いたことがないです。というかイタチ業界では私は下《した》っ端《ぱ》なので、鎌鼬とそんなフランクに話せるような仲じゃないですし、さっきみたいに一方的に虐《いじ》められるばかりでしたし……」

「だからイタチ業界ってなんだよ、何をする業界なんだよ……」

それについてお気に入り外しはさっきから答えてくれていなかった。

「ゆうくん、そんなの簡単だわ！　最後に治してるんだから、それが最終目的なのよ！　転かしたり、斬り付けたりってのは実はどうでもいい！　治すのが目的なわけだから、つまり、薬効を試《ため》しているに違《ちが》いないわ！　傷薬の研究をしているのよ！」

「突然怪我をする理由の説明が鎌鼬なんだろ？　本末転倒《ほんまつてんとう》じゃねーか、それ？」

その研究はいつ実を結ぶのだろうか、なんてことも気になってしまう。

「で、こいつを家に連れてきたはいいけどどうすんだよ、姉ちゃん」

「そうね。相手がオオサキだとわかったんだから事は簡単だわ！　オオサキ祓《ばら》いをすればいいのよ！」

オオサキ祓い。鍾に乗るオオサキを追《お》い払《はら》うための儀式《ぎしき》だ。

かつては村人総出で真剣に執《と》り行《おこな》われていたと言われている。

「ちょっ！　勘弁してくださいよ！」

お気に入り外しが慌てて言う。

その儀式は彼女《かのじょ》にとってかなり都合が悪いのだろう。

「まぁ祓うとかはかわいそうだからやめとこうぜ。俺《おれ》らは織原さんのお気に入りだけどうにかできればいいんだからさ。とにかく織原さんを悲しませるような真似《まね》はやめてくれよ」

「織原さんを悲しませたのはゆうくんだけどね」

「……いや、あれはもういいだろ。俺も反省したんだし」

まだそれを引っ張るのかと、雄一の顔が不満げに歪《ゆが》む。

「わかりました。織原さんという方には今後二度と手出しはしません！」

妖怪お気に入り外しはそう固く誓《ちか》った。

翌日。

「さ、坂木さん！　い、一位！　一位になってるんだけど！」

加奈子が携帯《けいたい》を片手に、慌てた様子で部室へと入ってきた。

雄一、睦子、愛子の三人は携帯の画面を覗《のぞ》き込《こ》んだ。

投稿サイトのランキング画面が表示されていて、加奈子の書いた小説『俺の大魔王が可愛《かわい》すぎて倒《たお》せないから世界がヤバイ！』は日間ランキングの一位になっていた。

「こ、これは……」

睦子の顔が驚きに染まる。

「織原さん！　これは妖怪お気に入り増やしよ！」

「ええ⁉　それは一体なんなの？　増えるのならよいことじゃないの？」

単純に喜んでいたらしい加奈子だが、睦子の反応を見て怪訝《けげん》な顔になった。

「最近新たに現れた妖怪なのよ！　複数のアカウントを作成して、同一のアクセスポイントからお気に入りを増やすことにより、小説を投稿しているアカウントがさも不正なことをしでかしているかのように見せかけるというとても質《たち》の悪い妖怪なの！　お気に入り外し以上にやっかいだわ！　不正なランキング操作と見做《みな》されてアカウントが削除《さくじょ》されてしまったりするのだもの！」

「いや……姉ちゃん……それは失礼だろ……単純に突然人気が出たってことなんじゃ？」

そうは言いながらも昨日の今日のことだから、何かあったのだとは思う雄一だ。

「その……これって、あの妖怪の人の仕業《しわざ》だよね、もしかして罪滅《つみほろ》ぼしのつもりなんじゃ……」

雄一と愛子は顔を見合わせた。

「あいつあほなのか!?　アカウント削除されたらどうすんだよ！」

「ちょっとやりすぎだよね……」

小声で話し合う。

おそらくこれはお気に入り外しの仕業だ。二人はそう確信した。

お気に入りが増えたのは一瞬《いっしゅん》のことで、すぐに激減した。投稿サイト側で対策がなされたのだろう。

加奈子におとがめはなかった。実際何もしていないわけだからそれは当然のことだし、冤罪《えんざい》でアカウント削除などということになれば睦子が黙《だま》ってはいなかったはずだ。

注目されたおかげか、最終的には少しお気に入りは増えたようだ。

それ以来加奈子の小説のお気に入りが不自然に増減することはなくなった。

だがお気に入り外しは今日もどこかで、お気に入りや、フォローや、いいね！　を外し続けているのだろう。

——なんつーのか、地味にうざい妖怪だよな……。

雄一はそう思った。

第五賞　【十月五週目】　ミカちゃん

『私ミカちゃん。あなたの後ろに――ぷげらっ！』

雄一《ゆういち》は背後に何かが現れた瞬間《しゅんかん》に裏拳《うらけん》を放った。

こっそりと背後に忍《しの》びよってきたわけではない。それは雄一の感覚からすれば突然背後に現れた。

ならばそんなものは普通の存在ではない。遠慮《えんりょ》する必要をまるで感じなかった。

雄一は一拍遅《おく》れてスマートフォンを片手に振り向く。

吹《ふ》き飛《と》んだそれは部屋の壁《かべ》に激突《げきとつ》して力なくうなだれていた。

「なにごと!?」

睦子《むつこ》があわてて雄一の部屋へとやってくる。

階下でテレビを見ていたはずの依子《よりこ》も少し遅れてやって来た。

「ゆうくん……また幼女をつれこんで！」

睦子がわざとらしく驚《おどろ》いている。

壁にぶつかり倒れているのは小さな女の子だった。

「人聞き悪いこと言うなよ！」

連れ込むも何も相手の方から勝手にやってきたのだ。雄一に非はまるでない。

気を失っている少女を雄一は見た。

幼女は言い過ぎだろうにと思う。小学四年生ぐらいに見える女の子で、着せ替え人形のミカちゃんを大きくしたような姿だった。頭上にも『ミカちゃん』とあるのでそうなのだろう。

「家族会議を行います！」

睦子が堂々と宣言する。

「またかよ！」

雄一はうんざりしながら叫んだ。


雄一があずかり知らぬ事ではあるが、事の発端《ほったん》は数日前に遡《さかのぼ》る。

その日、サバイバル部の部室でいつものように活動が行われていたが、珍《めずら》しいことに多少はサバイバルに関係しそうなことを睦子はやろうとしていた。

部室には睦子、加奈子《かなこ》、愛子《あいこ》、奈月《なつき》、雄一の五人がそろっている。

「今日は護身術をやってみるわ！」

「まぁ、多少はサバイバル部っぽいのか？」

それでも微妙《びみょう》に違う気がする雄一だったが、そこは飲み込んだ。結局睦子が好き放題やっているだけの部でしかない。

「今回は女の子向けね！　うちの部の女の子は可愛い子ばっかりだから、不逞《ふてい》の輩《やから》が襲ってくるかも知れないわ！　というわけで痴漢対策っぽいことをやってみようかしら！」

そう言われて雄一は奈月を見た。確かに可愛いが彼女の場合特に対策は必要ないだろうと思える。

「なに？」

どうにも感情のわからない冷たい目で奈月は雄一を見返した。

「いや、痴漢とか問題ないいんじゃないかと思って」

奈月の実力は相当なものだ。そこらの痴漢や変質者ではまったく太刀《たち》打《う》ちできないだろうし、多少人間離れしている相手でもどうにかしてしまうだろう。

「そう？　ストーカー対策とか知りたいところだけど」

「わざわざ自分の家に住まわせてるよな！」

殺人鬼《さつじんき》としての奈月には配下の男がいる。どういう繋《つな》がりかはわからないが、一緒に住んでいるらしい。

「ストーカーはちょっとジャンル違いかしら？　護身術でどうにかなる問題でもないし……あ、ゆうくんは今回あんまり関係ないわね」

「そりゃな」

雄一も肯定《こうてい》する。今更《いまさら》護身術でもない。

「関係ないっていうのもあれだから、ゆうくんは痴漢ね！　こっちに来て獣欲《じゅうよく》に満ちた眼《まな》差《ざ》しでお姉ちゃんを見つめるのよ！」

「もうちょっと言い方があるだろ⁉」

雄一は不満げな顔でホワイトボードの前へ移動し、睦子と向かい合った。

部室内は荷物でごったがえしているので、多少なりともスペースがあるのはここぐらいのものだ。

「さて！　護身術なのだけど、ぶっちゃけた話、付け焼き刃の護身術なんてなんの役にも立たないわ！」

「ぶっちゃけすぎだ！　今回のテーマの意味は⁉」

「じゃあ付け焼き刃じゃなければいいのかと言うとそれも違うのよね。長年格闘技《かくとうぎ》をやっている女子が、ただの力自慢《ちからじまん》に負けてしまうなんてのもよくある話だったりするし」

「あのー、それじゃ本当に意味がなくないですか？」

愛子が聞く。長年やっても負けるというなら、そうも言いたくなるだろう。

「まぁこれは女に限った話でもないんだけど、結局実戦でびびっちゃったらどれだけ技術を身につけても役にたたないってことなのよ。だから結局の所、まずは平常心！　これよ！　パニックにならないこと。そうでないと護身術を知っていたところで全くの無駄！」

平常心。言うは易《やす》し、行うは難しとはまさにこのことだろう。

いざ戦闘《せんとう》という場合にどこまでいつもと変わらずにいられるか。数々の修羅場《しゅらば》をくぐり抜《ぬ》けた雄一でも未《いま》だに完全とは言いがたい。

「なので、変質者が襲ってきたなんて場合は、まずは逃げることを考える。撃退《げきたい》しようとか考えちゃ駄目《だめ》！　次に助けを呼べないか考える。と、まぁこれもね、落ち着いてないと出来ないのよ」

「姉ちゃんにしては思ってたよりまともなこと言ってるな……」

雄一は感心した。もっと殺伐《さつばつ》とした残虐技《ざんぎゃくわざ》を喜々として披露《ひろう》するかと思っていたのだ。

「失礼ね！　あ、助けを呼ぶ場合は『助けて！』より『火事だ！』の方がいいって言われているわね。人が来てくれる可能性が高くなるとか。まぁ昨今の都市部におけるディスコミュニケーションぶりから考えるとそれでも人が来ないことは十分考えられるし、そんな場合でも取り得る手段として護身術は当然身につけておいたほうがいいってわけよ！」

「ちょっといい？　坂木《さかき》さん」

加奈子が手を上げて聞く。

「なにかしら！」

「男女の力の差はどう考えたらいいかしら？　男の人の方が強いのは当然だし、女の力で対抗《たいこう》できるのかしら？　その、こんなことを言うのもなんだけど、下手に逆らうと殺されるから抵抗《ていこう》するなって教育しているところもあるらしいんだけど」

「なにそれ！　そんなのは負け犬の考え方だわ！　一方的な蹂躙《じゅうりん》に屈《くつ》するなどあってはならない！　死んだふりとファイトなら、ファイトを選ぶべきよ！　たとえそれで助かったとしても、誇《ほこ》りをなくしてただ生きながらえることになんの意味があるっていうの！」

「おーい、なんでそんな生き死にの話になってんだよ」

熱くなっている睦子に、雄一は冷ややかに水を差した。放っておくとどんどん違う方向に話が進みそうだ。

「あ、ごめんなさい。そうね。男女の力の差の話ね。もちろん個人差はあるのだけれど、基本的に女が筋力で劣《おと》るのは事実だわ。けれどそれって有利不利で言えばもちろん不利ではあるのだけど、あまり関係無いとも言えるの。男の力を十、女の力を五としましょう。けれど人を殺すのに必要な力は二ぐらいで十分なの！」

「姉ちゃん、殺すとかそんな話じゃないんじゃ……」

「何を言ってるの！　殺しうるからこそ抑止力《よくしりょく》があるのよ！　ちょっと痛いぐらいの技になんの意味があるっての！　まぁいいわ！　話ばかりしてるのもなんだし、実践《じっせん》に移ろうかしら！　じゃあ、はぁはぁ言いながらお姉ちゃんの左手首を掴んで！」

「はぁはぁは言わねぇけどな！」

雄一は右手を伸《の》ばして、睦子の左手首を上から掴んだ。

「掴まれた場合の対処法は色々とあるのだけど、オーソドックスなのをやってみるわ！　少林寺拳法の寄抜《よりぬき》っぽい感じなんだけど」

睦子は左手を開いた。掴まれた手首の位置は変えずに、肘《ひじ》を下げ前に押し出す様にする。それだけで掴まれた手首は簡単に外れた。

次に空いている右手の甲《こう》で雄一の顔を軽く打つ。

雄一がそれを喰《く》らった所で、睦子は前方に踏み込んだ。

足を開き、腰《こし》を落とし、雄一のみぞおちに左肘をたたき込む。

「寄抜って言ったよな⁉　なんで肘がくんだよ！」

真正面から肘を喰らった雄一は非難の声を上げた。

「これぞ、寄抜　頂肘《ちょうちゅう》！　少林寺拳法と八極拳の合わせ技！」

「無理矢理《むりやり》くっつけんな！」

「えー！　もうこの位置からなら、肘しかない！　ってぐらい相性《あいしょう》いいと思うわ！」

睦子はこの組み合わせに自信満々のようだが、護身術に向いているとはとても思えない。手首を外すまではいい。だが頂肘をまともに使えるのが前提ではどうしようもないだろう。

「あのー……けど坂木くん大して堪《こた》えてないですよね？　それって効くんでしょうか？」

疑問に思ったのか愛子が聞いてくる。確かに護身術で攻撃《こうげき》しているなら、相手をひるませる程度のことはできなくてはならないだろう。

「まぁ……姉ちゃんぐらいの攻撃なら大したことはないし」

くるとわかっている攻撃に耐《た》えるぐらい、雄一には造作も無いことだった。

「ねぇ？　坂木くんびっくりしてたみたいだけど、それぐらいかわせないものなの？」

実際に雄一に攻撃し、ことごとくをかわされた経験のある奈月が言う。彼女からすれば、なんてことのない睦子の攻撃を喰らうのが不思議に思えるのだろう。

「いや、まぁかわせないことはないんだけど……」

雄一は言葉尻《ことばじり》を濁《にご》した。睦子の格闘技の腕前《うでまえ》は平均的女子高生に比べればかなりのものだろうが、雄一にはまったく及《およ》ばない。

それでも雄一が睦子の攻撃を喰らってしまったのは、ひとえに姉に逆らうと後が面倒《めんどう》だという強迫観念があるからで、それを女の子の前で言ってしまうのはとても抵抗があったのだ。

「じゃ、次は後ろから抱《だ》きつかれた場合をやってみましょう！　野呂《のろ》さんもこっちきてくれる？」

「私ですか!?」

急に指名されて驚いたようだが、愛子も素直《すなお》にやってきた。

「じゃ、ゆうくん野呂さんに後ろから抱きついて」

「いや、いいのか？　これも姉ちゃんにやったほうが……」

雄一は躊躇《ちゆうちよ》した。練習とはいえ愛子に抱きつくというのは気恥《きは》ずかしいものがある。

「わ、私なら大丈夫だし気にしなくていいから！」

慌てたように愛子が言う。雄一は恐る恐る愛子の背中に近寄り、腕を回した。

触《ふ》れるか触れないか、それぐらいの距離《きより》を保っている。何せ雄一と愛子の身長差を考えると自然に抱きついた場合、腕が胸の上部ぐらいにかかってしまう。それは気まずい。

「もっとぎゅっと！　はぁはぁ言いながら！」

「出来るか！　しかもはぁはぁ好きだな、姉ちゃん⁉」

雄一は腕を下ろし腰の辺りに手を回した。はぁはぁしなくとも、愛子のいい匂《にお》いが鼻をかすめる。雄一はやたらと緊張《きんちょう》してきた。

「この場合両腕《りょううで》がロックされてしまってるのだけど、単純に考えて動かせる場所は、頭と足と腰ってところね。身長が近ければ、後頭部を相手の鼻面《はなづら》に叩《たた》きつけるってのもいいわ！　けど今回はちょっと届きそうにないから、野呂さんはちょっと腰を落として足を開いて」

「こうですか？」

愛子が言われた通りにする。

「脱力《だつりょく》してしゃがむだけでも案外逃《のが》れられるものだけど、今回はそれでも相手が耐えているような場合ね。そのまま前屈《まえかが》みになるの。捕まってて動けないような気がするけど、案外動けるものなのよ。それで自分の足の間から、ゆうくんの足を掴む。掴んだら思いっきり前に引っ張って、足の間を通したら……そのまま一気にしゃがみ込んで相手の膝《ひざ》を折る！」

「はい！」

「何やろうとしてんだよ！　姉ちゃんも無茶《むちゃ》言うな！」

言われるがままにやろうとする愛子を止め、睦子に文句を言う。

「これが男女の力の差を覆《くつがえ》す方法の一つ！　体重の利用よ！　といってもこれはシチュエーションの一つ。相手がどう抱きついてくるかなんてわからないもの。なので、冷静に動かせる部位と動ける方向、相手の姿勢を判断するのが重要なの！」

「で、それは坂木くんには通用するものなの？」

奈月が冷静に言う。

「……まぁ……通用しないでしょうね……」

睦子が難しそうに言う。

「あ、じゃあ踵《かかと》で股間《こかん》を蹴《け》り上《あ》げるの！　金的は鍛《きた》えようのない……」

だが、段々と声が小さくなっていく睦子だった。雄一には効かないことを思い出したのだろう。

「えーと、じゃ、じゃあこんなのはどう！　ゆうくん、今度は野呂さんの口を後ろから塞《ふさ》ぐようにしてみて！」

そう言われて愛子を見てみる。愛子がうなずいたので雄一は言われたようにした。右腕《みぎうで》を腰に回し、左手で口を塞ぐ。やはりどことなく気まずい。

「この場合はもっと簡単ね。なんといっても手が空いているもの。野呂さん！　口を塞ぐ手の指の一本をつかんでへし折るのよ！」

「はい！」

「って、野呂も素直に言うことときくなよ！」

「あ、あれ！　全然動きませんよ⁉」

愛子が両手で雄一の人差し指を掴んで力を込めている。本当に折るつもりはないはずだが、それが全力なのだろう。

だが指一本で逆立ちできる雄一にとってはその程度の力はどうということもなかった。

「あの……さっきから見てると、なにをやっても雄一くんには通用してない気がするんだけど……」

護身術講座の根本を揺《ゆ》るがすようなことを加奈子が言い出した。

「つまり、坂木くんに襲われた場合女子には為《な》す術《すべ》がないということ？」

奈月が追い打ちをかけるように続けた。

「あぁ！　なんてことなのかしら！　これほどまでのモンスターを作り上げてしまっていたなんて！」

「姉ちゃんが今更言うなよ！」

結局護身術講座とやらもぐだぐだのうちに終わったのだった。

＊＊＊＊＊

「愛子様には護身術など不要かと思うのですが」

足下《あしもと》を歩く、犬の姿をしたネロが言う。

森の中だ。愛子の家の敷地内《しきちない》、門を入ってから屋敷《やしき》までの長い道のりを愛子は歩いていた。

「そうなのかな。出来たらかっこいいかな、とか思ったんだけど」

「生兵法《なまびょうほう》は大怪我の元と言います。それに愛子様には私がいるでしょう」

「日本のことわざを良く知ってるね……」

ネロは外国からやってきたはずだ。だが日本語を流暢《りゅうちょう》に話すので、それぐらいは知っているのかもしれない。

しばらく歩き、屋敷の前までやってくると騒《さわ》ぎが目に付いた。

大勢の人が屋敷を出入りしている。

愛子は怪訝に思いながらも玄関《げんかん》をくぐった。

「お帰りなさいませ、お嬢様《じょうさま》」

家に入ったところで、メイドの秋子《あきこ》が恭《うやうや》しくお辞儀《じぎ》をしてくる。

「秋子さん、これはいったいなんなの？」

「それが……奥様《おくさま》が急にゴミを捨てるとおっしゃいまして……」

いつも冷静沈着な秋子にもどこか戸惑《とまど》いが見えた。

愛子は出入りしている人を見た。そろいの作業服を着た彼《かれ》らは清掃業者の類《たぐい》らしい。

「ゴミなんてそんなにあったかな？」

「まぁ、その、奥様がお買い求めになって放置しておられるあれやこれやはゴミと言っても差《さ》し支《つか》えがない気がいたしますが」

愛子の母、真理子《まりこ》はひきこもりだ。特になにもせずに一日中部屋でテレビを見てすごしている。通販番組が大のお気に入りで、少しでも興味を持ったものを片《かた》っ端《ぱし》から買《か》い漁《あさ》っているのだった。

秋子が言っているのはそれらの事だろう。埃《ほこり》をかぶっている健康器具や美容器具の類は枚挙にいとまが無い。

しかし、愛子も無駄《むだ》な物だとは思っていたが、真理子はそれらに執着《しゅうちゃく》していたのだ。急に捨てると言い出すとは思えなかった。

「うーん、ちょっと話聞いてくるね」

愛子は二階に上がり、自分の部屋には行かずにそのまま母の部屋へと向かった。

ノックもせずにドアを開け中を覗く。

愛子は驚いた。

窓のない部屋の中は珍しいことに、照明で隅々《すみずみ》まで照らし出されている。

だからこその状況《じょうきょう》がよくわかったのだが、部屋の中にはほとんど何もなかったのだ。

母があれほど大好きだったテレビまでなくなっている。

部屋の真ん中ではジャージ姿の真理子が部屋を見回して、満足げに微笑《ほほえ》んでいた。

野呂真理子は吸血鬼《きゅうけつき》としての純度が高いとのことだった。そのため日の光を浴びることができず、昼間はこの部屋にこもっているしかないのだ。そのためか肌《はだ》は真っ白で不健康に見えるのだが、今日の真理子はとても元気そうだった。

「お母さん！　一体どうしたの？」

「あぁ、愛子ちゃん！　断捨離よ！　断捨離！　物への執着を無くすのよ！　物を捨てて片付けるのがこんなに気持ちのいいものだとは思っていなかったわー」

「えーと……まぁ、別にいいんだけど……お母さんが自分の物を捨ててるんだから……」

ちょっと捨てすぎではないかとは思うが、以前のごった返している部屋の様子を思い出せば、これでもいいのかもしれない。

「え？」

真理子がきょとんとした顔で愛子を見た。

「ん？」

愛子が首をかしげる。嫌《いや》な予感がした。

「その……もう捨てる物がないから、愛子ちゃんのいらなそうなものも捨てようかと……」

「お母さん！　勝手なことしないでよ！」

愛子は母の部屋を飛び出し、慌《あわ》てて自分の部屋へと入った。無事だった。

考えてみればちゃんと鍵《かぎ》はかけてあるし、勝手に中に入って物を捨てたりはしないだろう。

次に愛子は地下室へと急いだ。そこには普段《ふだん》使わない物を収納しているのだ。愛子の物もそこに置いてある。

普段は不気味に思えて、近寄りがたい場所ではあるが今はそんなことを言っていられない。

地下室の前へ辿り着くと、清掃業者が中に入ろうとしているところだった。

「あの、ちょっとすみません、通して下さい」

奥《おく》に行く。

確かこのあたりだったと見てみれば、そこには子供の頃《ころ》遊んでいたおもちゃや人形が置いてあった。

「あ、この倉庫の物も捨てるように言われてるんですが、駄目でしょうか？」

業者の男が聞いてくる。

「あれ？　こんなものしか置いてなかったっけ？」

焦《あせ》ってやっては来たものの、見てみれば大したものは置いていなかった。愛子たち兄妹《きょうだい》が昔遊んでいたおもちゃの類が置いてあるだけだ。

「うーん、まぁ、今さらいらないと言えばそうかも……」

愛子は散々使い込んだ様子のおもちゃを見ながら考えた。ここに片付けてから、思い出したことは一度も無かったし、これから先もないだろう。置いておくだけ無駄なのかもしれない。

「じゃあ持っていって下さい」

母がこれですっきりするというのならそれでいいのだろう。

そう思い、引き返そうとして愛子は振《ふ》り返《かえ》った。

何かに見られている。そんな気がしたのだ。

「って、そんなわけないよね……」

地下室は荷物が多く、照明が行き届かないため暗がりが多い。だが、誰《だれ》もいないのは一目でわかった。

そこにはただ、遊ばなくなったおもちゃが置いてあるだけだった。

しばらくして愛子のもとに電話がかかってくるようになった。

最初はイタズラだと思っていた。だがあまりにもしつこいし、着信拒否にしていてもそれをあざ笑うかのようにかかってくるそれは、普通《ふつう》の電話ではないようだった。

最近では少し寝不足《ねぶそく》になっている。

夜中でもお構いなしにその電話はかかってくるのだ。

そしてそれは、定番の怪談《かいだん》の様相を呈《てい》していた。

それの告げる場所は段々と近づいて来ている。愛子のもとにやってくるまでそう時間はかからないだろう。

「ふむ……その壇ノ浦くんは、突然数値が見えるようになったと言っているのか？」

「あぁ。夏休み頃ってことだったな。誰かから貰《もら》ったわけじゃないって言ってたよ。これは本当にアウターが関係ないのか？」

ここは生徒指導室だった。

真希那《まきな》と雄一が話し合っているのを、愛子はうとうととしながら聞いている。

この間ラブレターもどきを送ってきた相手は壇ノ浦千春《ちはる》というらしい。その千春も雄一のように何かが見える特殊《とくしゅ》な眼《め》を持っているとのことだった。

これは邪神争奪戦《じゃしんそうだつせん》と関係があることなのかを真希那に聞きに来たのだ。

「接触《せっしょく》がなかったのなら、アウターは関係ないだろう。ま、それは壇ノ浦くんが嘘《うそ》をついていなければの話だが。アウターは劇場型というのか、派手なことをやりたがるからな。神器を与《あた》えるなんてシーンなら絶対に何か印象に残るような演出を施《ほどこ》すだろう」

「神器は関係ない？」

「いや、もともと神器とアウターの間に関係はないんだ。神器はランダムに宿主を選ぶ。本来はそういうものだ。だから、壇ノ浦くんがキャリヤの可能性はある」

「キャリヤだったら、共鳴がわかるんだよな？」

「そうだな。だから、協力できるならしておいたほうがいいだろう」

そんな会話がどこか遠くから聞こえてくるようだった。気付けば愛子は雄一にもたれかかっていた。寝《ね》てしまっていたらしい。

「おい、どうしたんだよ、野呂。大丈夫《だいじょうぶ》か？」

　雄一が心配そうに見つめている。

「え？　あ、ごめん。ちょっと……」

　愛子は言葉を濁した。イタズラ電話ごときで悩《なや》んでいることを言ってしまっていいものかと考える。それにただ電話がかかってくるだけだし、雄一に相談しても何かが出来る訳ではないだろうとも思う。

「最近寝不足なんだろ？　そんなことに口出しするのもどうかと思ってたから特に何も言わなかったけど、何か困り事が原因なら言えよ？」

「ううん、本当になんでもないから……」

「嘘だな」

　否定する愛子に、真希那が短く言い放つ。

「坂木くんじゃないがそれぐらいの嘘はわかるぞ。野呂くんは今すごく困っていることがあるだろう？」

「それは……」

「なんでも言ってくれよ。大抵《たいてい》のことは最終的に姉ちゃんがどうにでもするから」

　雄一が冗談《じょうだん》めかして言う。それで愛子は気が楽になった。

とりあえず相談してみよう。

愛子はぽつぽつと今起こっている不可解な出来事について話し始めた。

＊＊＊＊

都市伝説、ミカちゃんの電話。

まずはメリーさんの電話について語るのが手っ取り早いだろう。ミカちゃんはメリーさんのバリエーションの一つだ。

ある日、人形を捨てた少女の下に電話がかかってくる。

「私メリーさん、今ゴミ捨て場にいるの」

そして翌日には、

「私メリーさん、今角の公園にいるの」

このように少し離《はな》れた所から数日をかけてだんだんと近づいてくる。最後には、

「私メリーさん、今あなたのうしろにいるの」

いつの間にか背後に立っているという怪談だ。

ミカちゃんの電話では、出てくる人形がミカちゃんに変わっているだけで概《おおむ》ねストーリ

ーは変わらない。

ただミカちゃんの場合は、玩具《おもちゃ》メーカーが公式に声を設定しているため、かかってきた電話がミカちゃんからのものだとすぐにわかるようになっている。

つまり、人形から電話がかかってくるという不条理がより明確になっているのだ。

古来、人形には魂《たましい》が宿るとされている。

人形供養といった行事が日常にある日本においては身近な怪談の一つだろう。

＊＊＊＊

またもや姉妹が参加しているだけの家族会議だった。

夜の二十時を回った頃だ。雄一の部屋に睦子と依子がいてテーブルを囲んでいる。

ぶっとばされた女の子も非常に不満げな顔でテーブルに着いていた。

ミカちゃんの公式設定は小学四年生だ。その女の子は確かにそのぐらいの体格で、見た目はミカちゃんそのままだった。

「ゆうくん。相手は都市伝説とはいえども小さな女の子よ？　もう少し手加減てものは必要じゃないかしら？」

「手加減はしたけどな……当ててから」

感触《かんしょく》がなにかおかしいと思った雄一は振り切らずに力を抑《おさ》えていた。

奈月あたりに聞かれればまたキモいと言われそうだが、雄一は感触で相手の性別、年齢《ねんれい》ぐらいは大体わかる。

「どこが！」

殴《なぐ》られた当の相手、ミカちゃんが盛大にツッコんできた。

「なでる程度ですませてるだろ」

「あぁ！　それはそうかもしれないわ！　よかったわね。ゆうくんが本気なら眼と鼻と耳がなくなってたかもしれないわ！」

「ちょっと背後に立つだけで五感の大部分を失うってなんなの！　って、それはともかくほら！　すっごい顔はれてるんだけど！」

ほらほらと頬《ほお》を指差しながら、どこか自慢《じまん》げにミカちゃんは顔を寄せてくる。

「自業自得《じごうじとく》じゃないの？」

依子が冷たく言い放った。

――よりちゃんはたまにすっごい冷たい感じになるよな……。

少し心配になってくる雄一だった。

「てかさ、こいつ危ない妖怪《ようかい》じゃないのか？　電話しながら近寄ってきて最後に襲《おそ》い掛《か》ってくるんだろ？」

突然《とつぜん》背後に出現できる能力は暗殺にはもってこいだ。

「ちょ、ちょっと待って！　私そんなに危なくないから！　そりゃびびらせようと思ってそんな演出でやってるけども！　ほらこの話のオチを知らないの⁉」

「オチ……そーいや、ミカちゃんがやってきたら最後どーなるんだ？」

雄一もなんとなく話の流れは知っているが最後のあたりは曖昧《あいまい》だった。

「そうね。いろいろとバリエーションはあるけども、基本的には背後に現れた。で終わりなのよ。あとは想像にお任せするってことで恐怖《きょうふ》を煽《あお》るのね」

睦子が解説する。都市伝説、怪談、妖異譚《ようい　たん》の類も睦子の得意分野だ。

「そ、そう！　ただ脅《おど》かしてるだけなの！　人に危害を加えようとか思ってないから！これは警告なのよ。人形を捨てちゃだめですよーって」

「ただ脅かしてるだけって言うけどな、不法侵入の時点でどうかと思うぞ？」

妖怪に法律云々《うんぬん》を言っても仕方がないだろうが、勝手に入ってきて警告だと言われてもそんなもの納得《なっとく》しようがない。

「そういえばゆうくん。なんでミカちゃんがやってくることになったの？」

「あぁ、これ野呂のスマホなんだよ」

そう言って雄一は手に持っていたスマートフォンを見せた。

「数日前から変な電話がかかってくるようになって、怖《こわ》いからって相談を受けてさ」

「で、代わりに電話に出ていたと。けどそれだとスマホを持ってるゆうくんじゃなくて野呂さんの方にあらわれるかもしれないじゃない。野呂さんを放置するなんてゆうくんらしくないわ！」

「えーとだな、それは……」

「こ、こんばんはー」

クローゼットが開き、中から愛子が顔を見せた。随分《ずいぶん》と気まずそうだ。

「まぁ！　野呂さんたらなんてコンパクト可愛《かわい》いのかしら！　クローゼットの中にいるなんて！」

「と、いうわけなんだよ」

クローゼットの中なら背後から襲われることはないだろうと思い、愛子には避難《ひなん》してもらっていたのだ。

「ゆうくんもやるわね！　いつのまにか野呂さんを部屋に連れ込んでいるなんて！」

「私がリビングにいる間にとは油断も隙《すき》もないいね、お兄ちゃん」

愛子はばつの悪そうな顔でクローゼットから出てくるとテーブルの前に座《すわ》った。

「でも、そんなことなら私に相談してくれたらよかったのに！」

睦子は不満げだが、どこか面白《おもしろ》そうでもあった。

「極力姉ちゃんには頼《たよ》りたくねーんだよ。それにただのイタズラ電話かと思ってたんだ。まぁもしかしてとは思ったから用心はしてたんだけど」

超常現象の類に随分となれてしまった雄一だ。その電話をただのイタズラだと切り捨てることは出来なかった。ただ、頼りたくないとは言ったものの、家で電話を待っていたのは何かあれば姉に頼ろうと思っていたからだ。

「となるとミカちゃんがやってきた原因は野呂さんにあると思うんだけど」

「そうですね。心当たりと言えば、たぶん人形を捨てたことだと思うんですけど」

そのまんまだな、と雄一は思った。

その場にいた者の顔も、そりゃそうだろうと言わんばかりになっている。

「そう！　人形をふっつーにゴミとして捨てるなんて信じられないわ！　だから私みたいなのがお仕置きにやってくるのよ！」

ダン！　とミカちゃんがテーブルを叩きながら言う。

「んなこと言われてもな。いらない人形なら燃えるゴミでいいだろうが」

いらなくなったり、壊《こわ》れたりした玩具を捨てて何が悪いのかと思う。人形だけ特別扱いというのが雄一にはよくわからなかった。

「なるほど。聞いた感じだと都市伝説というよりはもったいないお化けと言う感じね。付喪神の一種なのかしら？」

付喪神。歳経《としへ》た器物が化けて出るという妖怪の総称《そうしょう》だ。

「けど、なんで野呂さんの人形にだけこんなことがおこるのかしら？　人形を捨てた人全員に出てくるということでもないでしょうに……」

睦子が首をかしげている。

「私が吸血鬼だからなんでしょうか……」

愛子も他に思い当たる節がないようだが、吸血鬼だから人形が化けて出るというのも特に関連性はなさそうに思える。

それよりはむしろ、雄一が原因である可能性の方が高かった。ソウルリーダーにより世界は混じり合う。ここ最近おかしな事件が雄一の周りでは増えているような気もしていた。

「あのね。限度ってもんがあるの！　あんたんち人形捨てすぎなのよ！　そりゃいい加減化けて出るってもんよ！　まぁなんてゆーの見せしめってゆーの？　金持ちっぽいし脅せば盛大に供養してくれそうじゃない！　だから人形供養をしてくれない？　それで手打ちにするからさぁ」

ミカちゃんが詰《つ》め寄《よ》ってきた。どうにも小学四年生らしくない物言いだ。

「人形供養とか、めんどくさくねーか？」

どこかの寺にでも納めろということだろうか。人形供養を受け付けている寺を探して金を払《はら》うのも面倒だろうにと雄一は思う。

「子供の頃に一緒《いっしょ》に遊んだ人形を捨てて罪悪感はないの？」

ミカちゃんがびしっと愛子に指を突《つ》きつける。

「そう言われてもミカちゃんで遊んだ覚えがないから特に思い入れがないし……それに私はシルバニアファミリー派だったから……」

「な、なんですって！」

ミカちゃんが、大げさに目を見開いた。

「あ、シルバニアファミリーなら部屋にちゃんと飾《かざ》ってあるから」

「なに!?　この人形格差は！　あんな、河童《かっぱ》を捕獲《ほかく》する兎人間《うさぎにんげん》の何がいいって言うの！」

「あぁ！　あれ非売品なんだよね。欲《ほ》しかったんだけど」

なんでもシルバニアファミリーには河童がいるらしい。愛子が嬉《うれ》しそうに話していたのを雄一は覚えていた。

「てか、お前もろくに遊ばれた覚えがないなら、化けて出てくんなよ」

だったら愛子とは関係ないんじゃないかと思う雄一だ。

「それと人形を捨てようと思ったのはお母さんで私は関係ないと思うんだけど。お母さんの方には行かないの？」

「そうやってみんなお母さんのせいにするのよ！　なによ！　どう考えたって、この子が人形で遊んでたと思うじゃない！」

「ミカちゃんでおままごとしてたのはお兄ちゃんだからお兄ちゃんの方に行ったら？」

なにげにひどい愛子だった。こんなところで過去の人形遊びをばらされ、都市伝説の妖怪をけしかけられているとは京夜《きょうや》も思わないだろう。

「で、お前はミカちゃん人形そのものじゃないだろ？」

ミカちゃんっぽくはあるが、ただの女の子だ。人形ではない。

「ええ。私はミカちゃん人形の守護者っていうの？　化身《けしん》っていうの？　打ち捨てられた可哀想《かわいそう》なミカちゃんたちの代表者みたいなものよ！」

「じゃあ、野呂が捨てた人形そのものはどこにあるんだよ？」

「今頃《いまごろ》どこかで燃やされてるに決まってるじゃない！」

「……いや、ミカちゃん人形の化身みたいなもんならそれをまず保護しろよ……」

この場合、まず燃やそうとする人間を真っ先にどうにかするべきなんじゃないのかと雄一は思った。

「ま、まぁいいわ！　とにかく人形を粗末《そまつ》にしないようにね！　私は人形保護の啓蒙活動《けいもうかつどう》に忙《いそが》しいからこれで！」

そう言ってミカちゃんは、現れた時と同じようにすっと消えた。

「解決……したのかな？」

愛子がすっきりしない様子で聞いてくる。

「どうだかな……」

最近は妖怪関係の事件に巻き込まれることが多くなっている気がする。

こんなことがまだ続きそうだと思った雄一はげんなりとした。

『私メアリーさん、あなたの後ろに——あばぁ！』

『私ジェシー、あなたの後ろに——どげぇ！』

『わんわんお！　よしこだよ！　うしろに——きゃいん！』

『当機ハR1845A952。標準時215678、アナタノ座標カラ0.68メートル——ガピー！』

『俺《おれ》はドレイク軍曹《ぐんそう》！　お前の後ろに――へげぇ！』

慣れてきた雄一は、スマートフォンを片手にそれらを足蹴《あしげ》にし続けた。ここ数日こんなことばかりやっている気がする。

今日も雄一の部屋は、やってきた人形の化身であふれかえっていた。

「なぁ、野呂。お母さんに人形は捨てるなってよく言っといてくれ。怪談じゃなくてトイストーリーみたいになってきてるから」

愛子は二段ベッドの下、雄一のベッドに腰掛《こしか》けてその様子を見ている。

「うん。ほんとごめん。最近お母さんが断捨離にはまっちゃってて……人形を置いておくスペースぐらい、いくらでもあるんだけど」

騒ぎを聞きつけたのか睦子が雄一の部屋へとやってくる。

「ゆうくん……また野呂さんを連れ込んでよろしくやっていたの？」

「よろしくって何をだよ！　よりちゃんもいるのに！」

依子もここ数日の騒ぎに慣れたのか二段ベッドの上で熟睡《じゅくすい》していた。意外に図太い。

「まぁ！　よりちゃんがいなければするつもりだったのね！」

「するって何をだよ！　そんなわけねーだろ！」

そんなことを言っているとまたスマートフォンが鳴る。

『ぼくピーさん！　はちみつが――のもっそ！』

雄一はいら立ち混じりに、黄色い熊《くま》を蹴り飛ばした。

「こいつらいちいち電話してからじゃないとこれねーのかよ！」

「こういった怪異《かいい》はルールに則《のっと》るものだしね。そこは外せないんじゃないかしら！」

「坂木くん、ほんとにごめん。でも、まさかこんなことになるなんて……」

「野呂が悪いわけじゃないけどさ。いったいどれだけ捨てたんだ!?」

「えーと……トラック二台分ぐらい……」

愛子が申し訳なさそうに言う。

「おもちゃだけでかよ！　金持ちってすげぇ！」

雄一は感心した。

結局雄一は捨てられ化けて出てきたと思《おぼ》しき人形、ぬいぐるみ、ロボットの類を全《すべ》て叩《たた》き伏《ふ》せ、強引《ごういん》にこの事態を解決したのだった。

第六章【十一月一週目】もてもてよりちゃん

坂木《さかき》依子《よりこ》は坂木家美人姉妹の妹として知られている。

その美人姉妹、どちらも甲乙《こうおつ》つけがたいぐらいに美しいのだが、よりもてるのは妹の依子の方だった。

と言うよりは、姉はまったくと言っていいほどにもてないと言った方が正しい。

見た目に惹《ひ》かれてやってくる男もそれなりにはいたのだが、それはその性格、言動が知られるまでのことだ。今では睦子《むつこ》の奇行《きこう》は広く世に知られるようになっているため、そもそも寄ってくる男がいなくなっていた。

それはともかくとして、実にもてる依子だが年上から告白されることが多かった。

年下からはほぼなし。同年代の中学二年生はごくわずか、三年生は多少増えるがそれでも全体の割合からすれば多くはない。

最も多いのは高校生からだ。大学生に声をかけられることもあるが、それがどこまで本気なのかはわからない。

高校生からの告白が多いことからもわかるように依子の存在はかなり広範囲《こうはんい》に知られている。当然、高校生と依子の間に接点などそうあるわけもなく、相手はどこかで依子を見かけたとか、写真を見たとかだけで告白してくるのだ。

つまり、どんな性格をしているかはどうだっていいのだろう。それか、見た目から勝手に想像して性格まで決めつけている。

だがそれは仕方がないことなのだろうと依子は思っていた。

依子には自分が十分に美しいという自覚がある。天性の美貌《びぼう》にあぐらをかくことなく、常に己《おのれ》を磨《みが》くことを心がけているし、自分を活《い》かすためのファッションの研究にも余念がない。

これで凡百《ぼんぴゃく》の男どもの目を惹けないのならば、想《おも》い人を振り向かせることなどとてもできはしないだろう。

だが、仕方がないとわかってはいても、実に迷惑《めいわく》なことだと依子は思っていた。

依子にとって、告白してくる男を振るのは作業でしかない。相手が誰であろうと最初から考慮《こうりょ》する余地すらないのだ。

相手の容貌《ようぼう》を吟味《ぎんみ》することも、性格を推《お》し量《はか》ることも、相性《あいしょう》を考慮することも、想いの強さを試《ため》すこともない。ただ機械的に処理するだけの事柄《ことがら》だ。彼らの想いが依子に届くこ

ことだった。

なので、その日やってきた男を依子が振ったのも、ただいつものように対応しただけのことだった。

となどありえない。


駅近くにあるモダンなカフェ。窓際《まどぎわ》のテーブル席にセーラー服を着た女子中学生が二人座っていた。

窓側に座っているロングヘアの少女は坂木依子。通路側に座っているショートカットの少女が花霞花蓮《はながすみかれん》だ。ともに中学二年生、同じクラスで一番の友達だった。

「依子がこないだ振った子なんだけどさ、その後二組の鳳《おおとり》さんと付き合って、三日で振られたんだって」

依子は花蓮の話をろくに聞いてはいなかった。窓の外をぼんやりと見つめながら、早く帰って兄の雄一《ゆういち》に会いたいと考えている。

だが、そんな本人からすれば実に適当な態度も、周りから見れば物憂《ものう》げな美少女にしか見えなかった。

花蓮もそれなりには可愛いのだが、依子の前では霞《かす》んでしまう。だがそんなことに一々嫉妬《しっと》してしまうタイプの人間は依子と付き合うことなどできない。花蓮は依子と友達であることを誇《ほこ》りに思うタイプだった。

「けど、鳳さんはお嬢様だって噂《うわさ》だけど次から次に付き合っては振ってって、ちょっと怪《あや》しいよね？　普通お嬢様だったらそんなこと許されると思う？」

ぼんやりとしていた依子だが、花蓮がなんの事を言っているのかにようやく思いいたった。おそらくそれは振られたという三年生の男子のことだが、花蓮の話は微妙《びみょう》に間違《まちが》っている。

彼女《かのじょ》は一人を一日で振って、もう一人を二日で振ったのだ。

「あの子はね、顔がよければとりあえず付き合ってみるらしいよ。で、ごめんなさい、やっぱり何か違《ちが》う感じです、って言って振るみたい」

「あれ？　知ってた？　ってか、鳳さんのことやけに詳《くわ》しくない？」

「別に知りたくもないんだけどね」

鳳あかね。最近転校してきて、瞬《また》く間《ま》に二組の主導権を握《にぎ》ったらしい。そんなことを知っているのは本人から聞いたからだ。どういうわけかやけにからんでくる。

――もてるとかもてないとか、どうだっていいことなんだけど。

だが、彼女が気にしているのはそこらしい。男子の注目がまず依子に向かうのがとにかく気に入らないらしいのだ。そしてその事をわざわざ言いにくるあたり、中々いい性格をしていた。

「首脳会談的な？　さすが女王様！」

「ちょっとやめてよ、それ」

小学校時代からあったクラス内のぼんやりとした階層は、中学生になってよりはっきりとしてきていた。皆《みな》あえて口には出さないが、誰が格上なのか、自分がどの階層のグループに位置するのか、そういったことは暗黙《あんもく》の了解《りょうかい》としてある。

依子にそんなつもりはまるでなかったが、いつのまにか頂点に祭り上げられていた。それは皆が了承済みのことらしく、それでクラスが安定するならばと依子もなんとなくそれを受け入れていた。

「で、恋愛相談ってなんなの？　私に相談されてもって感じなんだけど」

花蓮の友達が、依子に相談したいという話だった。それで帰宅途中にこうしてカフェで待ち合わせをしているのだ。

男子を振った回数ならかなりのものだが、それは相手から勝手に言い寄ってくるだけのこと。恋愛について詳しくはないし、得意でもない。その相談とやらが、意中の男子を振り向かせる方法についてなら依子が教えてもらいたいぐらいのものだった。

「ごめんねー、どうしてもって頼《たの》まれちゃって……」

一応花蓮は申し訳なさそうにするのであまり非難することもできない。それに友達の頼みだし、少し付き合うぐらいはいいだろうと思っている。恋愛相談も聞いてみて何かアドバイスできそうならすればいいし、わからなければ正直にそう言うしかないだろう。

「ま、いいけどね」

依子は腕時計《うでどけい》を確認《かくにん》した。約束の時間はそろそろだ。

「花蓮、お待たせ」

依子が顔を上げると、二人組の男子が依子達《たち》のテーブルの隣《となり》に立っていた。

意味がわからず、花蓮を見る。彼女は嬉しそうに微笑んで、やってきた男子に軽く手を振っていた。

依子が混乱しているうちに、ブレザーの制服をきた男子二人は依子達の前に座っていた。

「花蓮？　なにこれ？」

思わずにらみつけた。これでは聞いていた話と違う。

「え？　だから恋愛相談だよ。あ、右側のが琢磨《たくま》ね。私の彼氏《かれし》。で、左側の昴《すばる》くんが相談したい人」

知らない制服だが、おそらく高校生だろう。琢磨は見た目はいいが、どこか軽薄《けいはく》そうな男だ。昴は制服を着崩《きくず》した、どこかだらしない雰囲気《ふんいき》だった。こちらも顔の作りは整っているが、髪《かみ》を茶色に染めていてどこか粗暴《そぼう》な雰囲気がある。

「中学生の私では、高校生のお兄さんの恋愛相談は荷が重いと思いますので、失礼させていただいてもいいですか？」

はめられたと思った依子はすぐにそう口にした。花蓮に悪気はなかったのだと信じたい。この絵図を描いたのは目前の高校生男子なのだろう。花蓮を利用したのだ。

「ちょっと待ってくれよ。相談てのはお前にしかできねーことなんだからさ」

昴の態度は初対面の相手に対するものではないだろう。依子の心は決まった。こいつは敵だ。

「でだ、俺と付き合えよ」

たまにいるのだ。この手の輩《やから》が。とにかく強気に出ればいいと思っている。主導権を握らせなければこちらのものだと思っているのだ。

依子は席を立った。

「すみません。お付き合いすることはできません。今後もその意思が変わることはありません」

依子はいつものようにきっぱりと告げた。相手を見て多少言い回しは変えるが、振る際には誤解の余地のないようにはっきりと伝えることにしている。

「花蓮、どいて。帰るから」

花蓮が慌てて席を立った。少しきつく言いすぎたかもしれないが、気が立っているのは事実だしそこはごまかせない。

依子は鞄《かばん》を手にし、テーブルを離れようとした。

「待てよ！」

しかしテーブル脇《わき》を通り過ぎようとした依子の右手を昴が掴《つか》んだ。

依子はむかついた。そのまま帰してくれればいいものをまだ恥《はじ》を上塗るのか。

依子は振り向き、軽く手首をひねる。それだけで昴の手を外すことはできたのだが、依子はそれだけでは気が済まなかった。

逆に相手の手首を掴み下方に引っ張り落とす。想定外の力に驚《おどろ》いたのか、昴は通路へ前のめりになった。

そこに依子の膝《ひざ》が炸裂《さくれつ》する。膝は昴の顔面を見事に捉《とら》えていた。

昴は派手に鼻血を吹《ふ》き出《だ》しながら、通路へと倒《たお》れた。

店が騒然《そうぜん》となる中、依子は悠々《ゆうゆう》と歩いて行く。

ただ、これは明らかにやりすぎだった。もう少し穏便《おんびん》に事をすませる方法はいくらでもあっただろう。

結局のところ今回の騒動《そうどう》は、依子の短気がきっかけだった。

＊＊＊＊

「ということがあったの！　花蓮ちゃんひどいよね！」

「え？　いや、ちょっと待って？　昴って人どうなったの？」

自分が被害者《ひがいしゃ》だと言わんばかりの依子に疑問を持つ雄一だった。確かに昴とやらの態度は悪かったかもしれないが、そこまでされるほどのこととも思えない。

「知らないよ！　気安く腕《うで》を握るなんてするから悪いんだよ」

坂木家の夜の食卓《しょくたく》だった。

睦子、依子、雄一。それに母親がテーブルに着いている。

母親の名は坂木たまこ。頭上の文字は『かあさん』だ。家族の文字はいまのところそのままの意味でしかなかった。ちなみに父親には『とうさん』と表示されている。

今日の夕食は焼き肉で、山盛りの肉が皿に用意されていた。

「あらあら大変だったわねぇ」

母親はこんな話を聞いてものんきなもので、手は休めずに次々と肉をホットプレートに載《の》せていく。

「けど、よりちゃん？　白昼堂々人前で暴力を振《ふ》るうのはどうかと思うわ！　ゆうくんみたいに人目に付かないところでこっそりとやらないと！」

と肉を食べる睦子。

「俺みたいにってなんだよ、人聞きわりぃな！　けどまぁ、姉ちゃんの言うとおりだな。やられた方にもメンツってもんがあるだろ？　中学生にそんな目に遭わされたところを大勢の人に見られたとなると、ひっこみつかなくなっちまう場合もあるだろうし」

だが雄一はそれほど心配していなかった。所詮《しょせん》は中学生のやったことだ。ムキになる方が格好悪いだろう。相手もそこまで馬鹿《ばか》ではないはずだ。

「けど、最近の中学生ってなんなんだよ？　その花蓮って友達は高校生の彼氏がいるってのか？」

「みたい。私も今日初めて知ったの。けど、結構そんな子もいるよ？」

依子も肉を食べながら話をしている。

「はぁ……なんかすげーな、最近の中学生は」

中学生などまだ子供だろうに、と思いながら雄一は肉をタレにつけて食べ続けていた。

坂木家の子供たちはよく食べる。その割に太る気配がないのは、皆それぞれ体を動かす習慣があるからだろう。依子も雄一のような常軌《じょうき》を逸《いっ》した修業《しゅぎょう》をしているわけではないが、たしなみ程度に武術の手ほどきは受けている。

「けど、花蓮って子と今後気まずくないか？」

彼氏の友達をぶちのめしてしまったのだ。雄一ならちょっとどうしていいやらわからない。

「うーん、その彼氏があまり誠実そうに見えなかったからなー。すぐ別れそうだし、そしたら大丈夫かな？」

「付き合うとか別れるとか、結構簡単なもんだなぁ」

こんなことに感心してしまうあたり、雄一の恋愛感はかなり保守的な方だろう。

「でね！　お兄ちゃん！　さっき言ってたみたいにひっこみがつかなくなって、またやってきたりしそうな気がしない？」

いいことを思いついたとばかりに依子が言う。

「可能性はあるだろうな」

「ね！　怖いからさ！　しばらく学校まで迎《むか》えに来てくれないかな？」

「え？　なんで？」

「仕返しにやってきたらどうしたらいいの!?」

「どうしたらって……一度やっつけてるんだから、もう一回やっつけたら？」

としか思わない雄一だった。聞いた限りでは、多少喧嘩早《けんかばや》いぐらいの男だろうし、依子の実力でどうにでもできるだろう。護身用にＬ型レンチも持っているはずだ。

「いっぱいきたら、どうしようもないよ？」

「いっぱいいって……女子中学生相手にそこまでするか？」

だが、そう言われると多少心配になってくる。雄一はその相手を見たわけではないのだ。どこまで執拗《しつよう》な相手なのかはわからない。

「ゆうくん、部活はいいから、ちょっとよりちゃんに付き合ってあげるといいわ！」

睦子までそんなことを言い出す。

自業自得だとは思うが、妹には甘《あま》い雄一だ。

なのでしばらくの間、依子を学校まで迎えにいくことになった。


雄一が中学校の校門まで迎えにいってみれば、依子は実に不機嫌《ふきげん》な顔をしていた。

学校で何かあったのかと考えるが、依子が不機嫌な顔になったのは雄一がやってきた瞬間からだ。なので雄一が原因なのだろう。

依子の隣には、少し背の低いショートカットの少女が立っている。友達の花蓮だろう。気まずくなっていやしないかと心配していたが、そういう雰囲気でもない。頭上の文字は『女子中学生』なので、怪しげな人物ではないようだ。

「言われた通り、迎えにきたのになんでふて腐れてんだよ、よりちゃん」

「えぇ！　えぇそーですよ！　そんなことだろうと思ってたんですよ！」

そう言って依子が睨《にら》み付《つ》けるのは雄一の隣に立つ愛子《あいこ》だった。

学校で依子の話をしたところ、付いてくることになったのだ。

「あ、その……たくさん人がいた方が変な人もこないかな、って思ったんだけど」

噛《か》みついてきそうな依子の表情に愛子が苦笑する。

「何人いたって兄一人で十分ですよ！　逆に足手まといです！　野呂《のろ》さんのことですから、どうせなんかでどじって人質に取られたりするんですよ！」

「えーと、人質とか、なんでそんな話に……」

愛子が戸惑《とまど》っている。すると、花蓮が話しかけてきた。

「はじめまして。依子ちゃんにはいつもお世話になっています。花霞花蓮です」

ぺこりと頭を下げる。依子から聞いていたよりも真面目《まじめ》な印象だ。礼儀正しいところも好感が持てる。

「ああ、これはどうもご丁寧《ていねい》に。こちらこそお世話になってるんじゃないかな」

「いえいえ。いつも依子ちゃんには頼りっぱなしなんです。あの、隣の方は彼女さんですか？」

「花蓮！　ちょっと目を離《はな》したら何色目使ってんの⁉」

愛子に食ってかかっていると思っていたら、いつのまにかこちらに矛先が向いていた。

「別にいいじゃない。琢磨とは別れたんだし」

――なんなんだよ、最近の中学生は……。

依子が暴れたせいで、そちらの関係にもひずみが生じたのではないかと勝手ながら心配していた雄一だが、花蓮は実にあっけらかんとしたものだった。

「えーと、花霞さんも一緒に帰るの？」

「はい！　いつも途中までは一緒なんです」

そういうことなので四人で帰ることになった。

迎えにこいとは言われたが、中学校から家までは徒歩で十分ほどの距離《きょり》だ。なのでおそらくは何もない。心配のしすぎだと雄一は思っていた。

「なるほどねーお兄さんはこんな感じの人かー、依子が大げさなのかと思ってたけど結構いいね。顔の感じとか依子に似てるし」

「花蓮……私が本気を出した場合相手がどうなるかわかってる？」

「昴くんみたいに、鼻血出すことに？」

通学路の大半は住宅街だ。道は狭く車が二台すれちがうのがギリギリというところだろう。時間帯によっては人通りが途絶えることもある。住宅街とはいえ完全に油断するわけにはいかない。

「坂木くん、特になにもないいんじゃ？　依子ちゃんちょっと甘えたかっただけとか？」

「そう思ってたんだけどな。どうも思ってたよりも粘着質な相手だったらしい」

雄一はしばらく前から後を付けてくる気配に気付いていた。

さりげなく観察していたが、間違いなくこちらに注目している。

――ちょっと話がしたい、って感じでもないんだよなぁ。

殺気に似たようなものを雄一は感じ取っていた。そしてそれは明らかに依子に向けられている。

「よりちゃん。そこを左に曲がる」

小声で伝える。雄一が前に出て道を折れると、依子たちは自然な様子でついてきた。

少し行き、売り出し中の空き地に足を踏み入れる。

「坂木くん、どうするの？」

愛子は困り顔だった。誰《だれ》もいないとはいえ、人の土地に勝手に入っていることに罪悪感を覚えているのかもしれない。依子は状況《じょうきょう》を察しているのかすました顔で、花蓮は何も考えていないようだった。

「ちょっと待ってみよう。相手がまだ様子見ってことなら、今日はスルーするかもしれない」

――かなりややこしい奴《やつ》だとしたら、もうこっちの家の場所や、通学経路とかは知ってるのかもな。

その場合、こちらが尾行に気付いて道を逸《そ》れたと気付くだろう。それで相手がどう動くのか。

そう雄一が考えていると、その男は雄一たちの前へあらわれた。

一人ではない。雄一たちがやってきたのとは反対側からもさらに二人があらわれたのだ。

尾行していた男。こちらが依子に手ひどくやられた昴という男だろう。後の二人も同じブレザーだ。市内にある進学校の制服だが三人の頭上には『不良』の文字が浮《う》いている。

しかし多少制服を着崩している気はするが、一目でそれとわかるような格好ではなかった。

――なんかちぐはぐな感じだよな。

わざわざ尾行し、人数を用意するぐらいだから計画性はあるのだろうが、それなら素性がばれそうな制服を着ているのがよくわからない。それとも何も考えていないだけなのだろうか。

「お前、坂木雄一だろ？　女連れ回して満更でもねーってか？　あ？」

「へ？　なんで俺？　てかどこで俺を知ったんだよ？」

まさかいきなり自分が話しかけられるとは思っていなかった。ただ、相手が不良の類《たぐい》なら雄一を知っている可能性はある。だが、どのルートからかとなると一概には言えない。

「あぁ？　自意識過剰かてめぇ。お前なんかどーでもいーんだよ。依子を調べてたらついでにわかっただけだ」

しかしいきなり喧嘩《けんか》腰《ごし》とあってはどうにもやりづらい。

相手は昴が先頭に立っていて、二人は後ろに控えている。

一方雄一側はというと、女子たちは雄一に隠れるように背後に回っていた。だが三人となると隠れきれるわけもなく、なんとも微妙な構図になってしまっている。

「あのさ、妹がやりすぎたのは悪かったと思う。それは謝らせるよ。けど、こうなっちゃ今さら付き合うとかどうとかって話はもう無理じゃないか？　それに妹は中学生でまだ子供だろ。それを高校生が脅すようなやり方はどうかと思うんだけど」

ここ最近なんでも暴力で解決しがちな雄一だが、話し合いで済むならそれにこしたことはないと思っていた。

「え？　なんで私が謝《あやま》るの⁉」

「よりちゃんはちょっと黙《だま》ってろ」

不満げな依子に、雄一は少し強めに言った。

「お前さ、この状況わかってんの？」

「状況って？」

昴が何を得意げになっているのか、雄一には本気でわからなかった。状況と言われても随分《ずいぶん》と間抜けな光景だな、としか思えない。

「こっちは腕に覚えがあるのが三人だ。お前一人でどうすんだよ？」

女子は勘定にはいっていないらしい。依子にやられたことはすっかり忘れているのか、なかったことにしているのか。

微妙にやりづらい相手だと雄一は思った。中途半端に強く、これまでそれで我を押し通してきたのだろう。雄一を舐《な》めているようなので話が通じない可能性が高い。

「いや、あのな？　仮にだけど、三人で俺をぼこってやっつけたとしよう。で、どうすんだよ？　女子三人をさらいでもすんのか？　漫画《まんが》じゃねーんだからさ。現実、そんなことすりゃ大問題だ。少年法に守られてるって言っても、最近じゃ世間の目は厳しいし、そこまでした奴を許しはしない。あんたら進学校だろ？　人生終わるんじゃないか？」

雄一はこれで上手《うま》く説得したつもりだった。だが、こう言われても相手からすれば馬鹿にされているようにしか思えないだろう。

昴は激昂《げきこう》した。

左足で踏み込み、右ストレートで雄一の顔面を狙ってくる。腕に覚えがあると言っていたのはこのことだろう。腕を振り回すだけのド素人ではないらしい。

だがその動きは、雄一から見ればあまりにも遅かった。

有名な武術家の逸話《いつわ》には、口先だけで相手のやる気をそぎ、戦いそのものを発生させなかったというものが多い。だとすれば、相手を怒《おこ》らせ、手を出させてしまうようではまだまだ修業が足りない。そんな反省を雄一がしてしまうぐらいに昴の攻撃《こうげき》は遅かった。

雄一はその攻撃をかわそうともせずに、右手を軽く振った。伸《の》ばした指先で相手の顎《あご》を払う。

後からくりだした雄一の攻撃は、昴へ先に到達《とうたつ》し、昴はその場にあっさりと崩れ落ちた。

「あ、いや、反射的にやっちまったけど、俺は話し合いで解決しようと思ってだな」

「坂木くん、誰に言い訳してるの？」

焦り気味の雄一にかけられた愛子の声は冷ややかだった。

残りの二人は倒れた昴を見捨てて、あっさりと逃げ去っていく。

雄一は昴を空き地の隅《すみ》の方に寄せておくことにした。

「よし！」

「何がよしなのかわかんない……暴力の連鎖は何も生み出さないことをよりちゃんに教えてやるとか偉《えら》そうなこと言ってたのに……」

愛子はやはりどこか突き放した感じがする。

「お兄さん凄《すご》いですね……」

花蓮はようやく何が起こったのかわかったらしく、感心しているようだった。

「さすがはお兄様です！　さすおにです！」

依子は、今まで聞いたことがない呼び方で雄一を褒めていた。

しかしこのことは事態をさらにややこしくするきっかけとなってしまった。

雄一はあっさりと昴を片付けすぎたのだ。

つまり昴には負けたという自覚が生まれなかった。後顧の憂いを断つなら、二度と逆らう気がおきなくなるまで痛めつけるべきだったのだ。

だが雄一としても相手が武装したヤクザとかならまだしも、ただの高校生を相手にそこまではできない。

結局のところ、事はなるようにしかならなかったのだった。

＊＊＊＊

その男はキングと呼ばれていた。

若干、馬鹿らしい呼び名ではある。だがそう呼ぶ者たちには敬意があった。嘲弄《ちょうろう》する意図はまるでないし、キング自身もそれを受け入れている。

昴はまさかキングと直接対面がかなうなどとは思っていなかった。

キングは伝説だ。

年齢《ねんれい》は定かではないがまだ若いらしいとは聞いている。実はまだ高校生だなどという噂もあった。その若さで千を超える人間を統率し、ヤクザとも真っ向から対立している。様々な犯罪に手を染め、集めた資金を運用して巨万の富を築いているとされていた。

その伝説が今、昴の目の前にいた。近代的で新しいビルの一室。最新の設備で構築されたオフィスだ。キングは随分と高級そうな机の上であぐらをかいていた。

噂通りということなのか、キングは少年のようにしか見えなかった。昴と同年代程度だろう。背は少し低めのようだったが、それを感じさせない暴力的な気配を発散していた。キングの周囲には直立不動の男たちがいる。格好は様々だ。スーツの者もいれば、この季節にノースリーブのシャツだけのものもいる。スーツの懐は妙《みょう》に膨らんでいるように見えるし、露出している肌《はだ》はタトゥだらけだった。

昴は自然と頭を下げていた。それがカリスマというものなのか、目の前に立てば、彼《かれ》がただものでないということはすぐにわかる。

なぜこんなことになってしまったのか。

昴は納得《なっとく》できなかった。坂木依子をあきらめることができなかったのだ。

だが、だからといって無策で坂木兄妹《きょうだい》に対峙《たいじ》すれば同じ目に遭うだけだろう。何か策を講じる必要がある。

そこで昴は先輩《せんぱい》に相談した。中学時代に連《つる》んでいた先輩の中には高校へは進学せずに、裏世界に足を踏み入れたものもいたのだ。

先輩は本当なら関係を断ちたいような人間だった。昴の悪ぶった態度はファッションでしかないからだ。進学校の中でそれなりの立ち位置を確保するためには便利だが、本気で闇社会に関《かか》わりたいわけではない。

だが昴は先輩を頼ることにした。そして正直に事情を話した。その時に依子の写真を見せたのだ。

それが巡り巡ってキングの目に留まったらしい。そしてなぜか昴が呼び出された。

部屋の中は沈黙《ちんもく》が支配していた。

昴は頭を下げたまま、どうしたらいいものかと硬直している。

この場合、こちらから喋《しゃべ》るわけにはいかないのだろう。キングの機嫌《きげん》を損ねれば、文字通りの意味で殺される。先輩にきつくそう言われていたのだ。その通りなのだろう。下手なことを言うわけにはいかなかった。

「涌井《わけい》昴くんだっけ？　ま、顔上げてよ。話しにくいし」

「は、はい！」

想像していたよりも高い声に軽い口調だった。昴は跳ねるように顔を上げた。

「君を呼んだのは、ま、筋を通すためだ」

「筋……とおっしゃいますと？」

よくわからず、聞き返す。

「坂木依子。いいよね。とてもいいと思う。俺のモノにしようと思うし、そうするんだけど元々は君が持ち込んだ話だろ？　俺はやりたいようにやるんだけど、俺が坂木依子を知ったのは君のおかげだ。礼は言っておくべきだと思ってね」

ここに呼ばれた時点で薄々ではあるが想像していた事態だった。しかし昴が望んでいたのはこんなことではない。

だが、今さらどうしようもないのだろう。キングには逆らえないし、キングはその持ちうる全てを使ってそれを実行するのだ。

「あぁ、俺《おれ》は言葉だけの礼ってのが嫌《きら》いでね。そうだな……坂木依子の順番だけど、お前は五番目ってことでどうだ？　それぐらいならまだ十分楽しめるよ」

キングがいい提案だとばかりに勝手にうなずいている。

昴に異を唱えることなどできるわけもなく、ただ自分が何かをされるわけではないのだと、どこかほっとした気持ちになる。同時に暗い愉悦のような、下卑た感情が鎌首をもたげてきた。

──お前が悪いんだ、坂木依子……。

実に身勝手なことを昴は考えていた。

＊＊＊＊

白いバンが雄一たちの前をふさぐように急停車した。

襲《おそ》ってくる奴らをいちいち殴り倒すのも面倒《めんどう》だった雄一は、瞬時にバンへと間合いを詰《つ》める。そして後部のスライドドアを殴りつけた。

ドアが大きく陥没する。それだけでドアは開かなくなった。後部座席の入り口はここだけなので、中にいる四、五人はこれで動けない。窓から出てくるようならもたもたしているところを殴りつければいいだろう。

逃《に》げることを考えれば運転手は下りてこないはずだ。なので雄一は続けて助手席のドアも殴りつけた。

これで開くのは運転席側のドアのみ。

少し待っていると、バンは思い出したように急発進しすぐに姿を消す。依子の通学路上、静かな住宅街でのことだった。

敵の動きが組織だってきてからは花蓮や愛子とは別行動をしているので、今は兄妹の二人きりだ。

「お兄ちゃん……ごめんなさい。その、お兄ちゃんがやられるとかは思ってないんだけど、最初の対応を間違えたとは思ってる。反省してます」

二人きりの場合、いつもなら妙に楽しそうにしている依子だが、本当に反省しているのか神妙な顔で謝っている。

「まぁ、対応間違えたって言ったら俺もどうかと思うしなぁ。よりちゃんは気にしなくてもいいよ」

雄一は依子の頭を軽くなでた。

依子を狙《ねら》う輩が組織的になってきてからしばらく経《た》っていた。

なぜこんなことになっているのかはわからないが、敵の正体はほぼ判明している。今の車を逃がしたのもそのためだ。念のために発信器は付けておいたが、おそらくは同じ組織の者たちだろう。

たちの悪い不良集団らしかった。主に若者で構成されていて、殺人も辞さない犯罪者たちの集まりらしい。

「まさかここまで組織的に動いてくるとは思わないだろ」

たかが女子中学生を相手にここまでするかと、雄一は半ば呆《あき》れていた。

「でも、どうしたらいいの？」

「よりちゃんは心配しなくてもいいよ。最悪の場合壊滅させればいいだけのことだし、姉ちゃんもすでに動いてるから」

「うん！　心配はしてないから！」

本当に心配してないのか、いつもの様子に戻《もど》った依子は雄一にしがみついてきた。

――けどそうは言ったもののどうしたもんか……。

相手は犯罪を犯すことをなんとも思ってはいない。これまではなんとかなっているが、相手も埒《らち》があかないとみればさらなる戦力を投入してくるかもしれなかった。

それと雄一たちをどうにもできないとみれば周囲の者たちに手を出してくるかもしれない。

早急にどうにかするべきだと、そろそろこちらから打って出た方がいいのではないかと雄一は考え始めていた。

＊＊＊＊

一方、キングの側もたかが女子中学生を相手にここまで手こずるとは思ってもいなかった。数人で襲いかかり、車に押し込んでしまえば済む程度のことだと思っていたのだ。

最初は部下の報告を冗談《じょうだん》かと思った。だがキングを相手に冗談を言えばどんな目に遭うか部下たちは十分に知っている。

部下は襲撃部隊が全《すべ》てやられたと報告してきたのだ。依子の側《そば》にいる兄、雄一が全て撃退してしまったという。

送り込んだ数人は格闘技《かくとうぎ》の経験こそないが、場慣れはしている。暴力を行使することに躊躇《ちゅうちょ》しない、十分に熟達した者たちだ。それが高校生一人に負けてしまうなどおよそ考えられることではない。

だがそれが事実だというなら疑っていても仕方がなかった。

次にキングはより強力な部下を送り込んだ。

登校中に、帰宅中に、在宅中に。どれだけ強いといってもたかが中学生と高校生だ。どこかに必ず隙《すき》があるはずだった。

だがそれらも全て返り討ちにされた。

意味がわからなかった。

通学中の襲撃はことごとく失敗した。

坂木家を襲撃しようとした部隊にいたっては、目的地に辿り着くまでに全滅してしまう始末だ。

今のところ成功の兆しすらない。失敗した部下を粛清し、命がけで挑むようにけしかけても結果は変わらなかった。

彼らもヤクザと同じようにメンツが全ての生き物だ。舐められるわけにはいかない。いざとなれば人も殺せるし、犯罪も犯せる。だからこそ彼らは恐怖《きょうふ》されるし、その恐怖を利用もできるのだ。だが、坂木兄妹は恐怖どころか痛痒《つうよう》すら感じてはいないらしい。

今、キングの顔は泥を塗りたくられているようなものだ。

今さら引っ込みがつかない状態になっていた。

たかが女子中学生一人を攫《さら》うこともできないのでは、キングによる盤石な体制にも陰《かげ》りが出て来たのかと、裏世界の住人達は思うことだろう。

何をおいても坂木依子を手に入れる必要がある。それはいまやキングにとって死活問題となってしまっていた。

中途半端では駄目《だめ》なのだ。

戦力の逐次投入など愚の骨頂だ。だがキングは坂木兄妹を舐めていたがためにその愚を犯してしまった。

やるなら全戦力を。今さら小出しにする意味がない。これで大丈夫《だいじょうぶ》だろうなどとたかをくくるわけにはいかないのだ。

キングは総力戦を仕掛《しか》ける決意を固めていた。

＊＊＊＊＊

星辰《せいしん》市中央運動公園。

大規模な運動公園で、災害時の避難場所にも指定されている場所だ。

以前、雄一がもにかと一緒《いっしょ》にいる時にトラックで襲撃を受けたが、その際に愛子が避難した場所でもある。つまり星辰市である程度広い土地を思い浮かべると、この公園になるのだった。

この公園で一番広い場所は陸上競技場だ。一周四百メートルのトラックの内側にはサッカーコートが二面用意されている。そのことからも広さがわかるだろう。

その陸上競技場が照明で照らし出されている。そこには深夜にも拘《かか》わらず人が整然と並んでいた。

およそ千人。その全てがキングの私兵だった。

元々キングは一声で千人を動かせると言われていたので、その噂《うわさ》は嘘《うそ》ではなかったのだろう。

その千人は思い思いの格好をしており、手にはそれぞれ武器を持っていた。

木刀、鉄パイプ、釘《くぎ》バットなどは比較的用意しやすいだろう。

中には抜き身の日本刀や、クロスボウ、拳銃《けんじゅう》を持った者までいる。

装備は各自が用意し、時間を合わせてこの公園に集合してきたのだった。

目的は馬鹿馬鹿《ばかばか》しいことに坂木家の襲撃であるらしい。

雄一はそれを観客席から眺《なが》めていた。隣《となり》には姉の睦子と、妹の依子が座《すわ》っている。さすがにこの規模の敵が相手では何が起こるかわからない。依子には付いてくるなと言ったのだが、ごねにごねまくったので結局は連れてきた。

観客席の照明は点《つ》いていないので、ここにいる限りは見つかるおそれはまずないだろう。姉と妹の安全は確保できるはずだ。

「こいつらも、こんな時間によく集まるよな」

もう少しで朝日が昇りはじめる頃《ころ》だろう。今日は土曜日だからまだいいが、これが平日なら付き合ってはいられない。

「昔から、奇襲には払暁がいいとされているわ！　戦力を小出しにするのはやめて集中させてきたわけだし、多少は戦略ってものを考えているんじゃないの？」

「戦略も何も大げさすぎるだろうが……」

こちらをどう評価しているのかはわからないが、この人数なら町の一つも占拠できそうだ。

「あの照明とかどうしてるんだろうな……」

そんなどうでもいいようなことが雄一には気になった。

「そうね。制御室を占拠でもしたんじゃない？　深夜でもある程度は警備の人間がいたはずだけど、それらも黙らせてるんじゃないかしら？」

「しかし、千人の武装集団ってなんだこれ？　内戦？　テロ？」

ヤクザの抗争でもここまでの人間が一度に集まることはないだろうし、できないだろう。後先考えない馬鹿の集まりだからこそ、ここまで思い切ったことができるのかもしれなかった。

「けどツイてるわ！　ここまで大人数でそこそこ統制がとれていて、しかも殺《や》る気満々の敵になんてそうはお目にかかれないもの！」

「つーか、こいつらほっといたら、ぞろぞろ家までやってくんのか？」

想像するだけで雄一はげんなりとした。

「ほんとにぞっとする……こんなことになるなんて思ってもみなかった……」

依子の声は沈《しず》んでいる。ちょっとした短気から始まったことがここまで大規模な騒動になるとは想像もできなかっただろう。

「いやいや、これは誰にも想像できねーって」

彼らがここに集まるのは、睦子が事前に察知したのだった。どうやったのかはわからないが情報通信的な手段によるのだろう。

「こんな集団が道をぞろぞろ歩いていたら、それだけでちょっとした騒《さわ》ぎになるでしょうね！」

「ちょっとしたで済むかよ……なぁ？　こいつらに適当な妖怪《ようかい》とか化け物をけしかけるとかは駄目か？」

面倒になってきた雄一は少しばかり物騒《ぶっそう》なことを思いついた。

「それはそれで面白《おもしろ》そうではあるけども、死人が出るわよ？　私はかまわないけども」

「はぁ……やっぱそれはなぁ……」

雄一は頭をかいた。犯罪者集団かもしれないし、何の罪もない一般家庭を襲撃しようなどという輩《やから》ではあるかもしれないが、それでも死ぬほどのことではないだろう。

「しかしなぁ、これだけ集める必要はないと思うんだけどなぁ」

ボスにどれだけのカリスマがあるかは知らないが、この人数を統率しきるのは難しいだろう。最終的にはコントロールしきれずに暴徒と化すのではないかと雄一は考えた。

「多分だけどね、結果はどうだっていいのよ。ここまでやれる、ということを示すのが目的ってところかしら」

「そうだよね。こんな大人数でやってきたらすぐにわかるし、私も大人しくつかまったりしないけど」

「無茶苦茶だな……ま、これで全員だってならわかりやすくはあるけどな、オーダーは？」

「一人残らずぶっ倒《たお》してきて！」

「了解《りょうかい》。けどある程度倒すと逃げはじめるんじゃないか？」

雄一の経験上はそうだった。どれだけ勢いのある集団でも、半数も倒せば瓦解する。てんでばらばらに逃げはじめるのだ。

「そこは大丈夫ね。キングって人のカリスマは大したものよ。洗脳の域に達してるわ。だから全員が死ぬ気で、最後の一人まで向かってくるから頑張《がんば》って！」

「お兄ちゃん、私のために頑張って！」

暗くてよくわからないが、きっと二人の目はキラキラと輝いているのだろう。

「気楽に言ってくれるよなぁ」

雄一は足下《あしもと》に置いてあった棒を拾い上げると立ち上がった。これは白蝋樹製《はくろうじゆせい》の槍《やり》だ。全長は三メートル二十センチ、握り手の直径は五センチほど。もちろん今回は殺傷目的ではないので穂先は付けていない。

「うーん、素手《すで》で千人やっつけるってのも魅力的なんだけど……」

睦子が悩ましげにしている。

「なんでわざわざそんなことしなきゃなんねーんだよ」

そもそも雄一が戦う理由がない。こんなもの警察に通報すれば、凶器準備集合罪で一網打尽にできるだろう。

それをしないのは睦子の意向だ。睦子はこの状況になるまで静観していた節がある。雄一の修業にお誂《あつら》え向《む》きだとでも思ったのだろう。相変わらず無茶苦茶な姉だった。

「ま、今回は武器ありってことでいいわ！」

「今回は……ね」

千人も敵が集まることは、そうないだろうと思いたい。今後のことはひとまずおいておくことにして、雄一は槍を手に観客席から飛び降りた。

槍を肩《かた》にかついでグラウンドの中ほどへ歩いて行く。キングの軍団は周辺を警戒していたのか、一部の者はすぐに雄一に気付いた。だが、千人すべてに情報がすぐに伝わるわけもない。

「こんばんは！　坂木雄一です！」

雄一はやけくそ気味に叫《さけ》んだ。千人が一斉に雄一に気付き、視線を集中させる。

今回の戦いにあたって睦子から二つの条件が提示されていた。一つは名乗りを上げろというものだ。

何をどう言っても間抜けな感じになりそうだったので、普通《ふつう》に名乗ってみたのだがこれはこれでやはり間抜けな感じではある。

「お前ら俺の家にくるつもりだったんだろ？　こっちから来てやったんだ。かかってきやがれ！」

もう一つが、先に手を出《だ》すなというものだ。実際彼らを始末するなら、何がなんだかわかっていないうちに出来るだけ数を減らすのが正攻法《せいこうほう》だろうし、キングとやらを探し出してまっさきに始末するのが手っ取り早いのだが、それは許されていなかった。

彼らはすぐには動かなかった。簡単に挑発にはのらないということか。今はまだキングによる支配が行き届いているようだった。

彼らは頭部にインカムを付けている。これで指示を聞くのだろう。確かに千人を統括して命令を下すならこのようなシステムが必要だった。

――って、どこまで本気なんだよ。戦争でもやらかす気か？

ハイテクを駆使して命令系統が構築されているなら、雄一がやってきたことはキングにも伝わっているはずだ。

少しして千人がざわめいた。だがそれは一瞬《いっしゅん》のことですぐに彼らは落ち着きを取り戻した。坂木雄一の抹殺。その命令が下されたのだろう。

怒号を上げて千人が一斉に動き始めた。

血気逸る者たちが我先にと雄一目がけて駆《か》けてくる。

雄一は冷静に、槍の間合いに入った者から順に槍で打った。

鳩尾《みぞおち》のあたりをめがけて、次々と槍を繰り出し、突出した者から順番に倒していく。

槍の間合いは実に広い。鉄パイプや釘バットなど敵ではなかった。

クロスボウや拳銃を使う者たちもいたが、それがあることはすでに知っている。かわすことは実に容易《たやす》かった。

正面からでは埒があかないと踏んだ者達は、雄一の背後、側面へと回り込む。

雄一は振《ふ》り向《む》きもせずに、槍を背後へと投げ捨てるように振り、そこにいるであろう敵を打ち据えた。戦闘《せんとう》に集中している雄一に死角はない。槍の間合い程度なら、敵の位置を把握するのは簡単だった。

雄一は囲まれた。だがこれで飛び道具の類は使いづらくなるだろう。どうしても同士討ちの可能性が出てくる。

雄一は槍を薙《な》ぎ払《はら》い、手当たり次第《しだい》に叩《たた》きつけ、突いた。

囲まれているといっても、同時に攻撃してこられる人数には限りがある。獲物の有効範囲を考えても五、六人というところだろう。たとえ千人が敵だとしてもそれは変わらない。その数人に確実に対処していけばいいのだ。

雄一を中心に形作られる半径四メートルほどの絶対防衛圏。この中に入って無事でいられるものはいない。

後は体力の問題だろうが、それも雄一にとっては問題はない。千人と戦う程度のことは、姉による修業《しゅぎょう》の想定範囲内だからだ。

喧噪《けんそう》、怒号。骨を砕かれ、肉を裂かれて血を吹きだし倒れる男たち。

周囲は修羅《しゅら》場《ば》の様相を呈《てい》しつつある。だが、雄一からすれば地道に淡々と作業をこなすだけのことだった。


雄一は朝日が照らす中を歩いていた。

最後に一人残っている男、キングの前へと向かっている。

頭上の文字が『キング』なので間違《まちが》いないだろう。

キングは雄一に銃を向けると、躊躇《ためら》いなく発砲した。

雄一は、三連続で発射された銃弾を全て躱《かわ》しながら歩き、槍の間合いに入った所で銃をはたき落とした。

「暴力ってのは単純で即効性があるから頼《たよ》りがちになるけど、単純だから対応策もより強い暴力で応えるぐらいしかなくなっちまう。けど俺らは文明人なわけだ。より高度で知性的なやり方があるだろうし、お互いに妥協《だきょう》できる着地点を見つけ出したいもんだよな？」

「お前がその口で言うのか、坂木雄一」

キングが手を押さえながら言う。他に銃は持っていないようだった。

「ま、言えた立場じゃないってのは自覚してるけどよ。妹に暴力の連鎖は何も生み出さないとかって諭さないといけないしな」

雄一は軽く汗ばんでいる程度だった。この程度の相手ならまだまだ行けるだろう。

「で、こんだけやったらもう報復とかはないと思いたいんだけど、どうだ？　まだやるならもっと悲惨な目に遭うかもしれないけど」

「ははは……これ以上に悲惨な目か……考えたくもないな……今後お前らには手を出さない。これ以上何をしようと無駄《むだ》なんだろうということはよくわかった。嫌《いや》になるほどにな」

キングが見ているのは、倒れ伏した部下たちだ。手駒を全て失っては、メンツや意地のためにこれ以上突っ張っても仕方が無いだろう。

「こっちもこれ以上のことってどうしたらいいのかちょっと考えつかないしな。このあたりでやる気なくしてくれたんならよかったよ」

「だがな、それとこれとは別だ。俺だけがのんきに歩いて帰るわけにはいかねーだろ？」

キングが一歩前に出る。足を前後に開き、腕《うで》を上げ、前屈《まえかが》み気味《ぎみ》の構えになった。今さら勝ち目がないことはわかっているはずだが、それがこの男の矜持《きょうじ》なのだろう。

雄一は槍を捨てた。

「どうした？　遠慮無くそいつでぶったたけばいいだろうが？」

「この槍も限界なんだよ。まだまだ修業不足ってことだろうな」

白蝋樹でできた槍は柔軟性に富み、よく撓《しな》るのだがさすがに千人を相手にしては限界がきていた。ひび割れ、ゆがみ、折れる寸前の状態になっている。多人数戦においては武器の消耗を抑《おさ》えるのも必要な技術だろう。今回の反省点だ。

「本当に嫌になる。それ以上強くなる気かよ？」

「ま、不良千人程度じゃ姉ちゃんは納得しないだろうしな。自分で限界は決めつけない方がいいらしいぞ？」

「千人程度かよ……」

キングはため息をついた。雄一が本気で言っているのがわかったのだろう。

キングはそのまま息を吐《は》ききり、強く吸い込んで息を止める。上体を振りながら、雄一へと踏み込んだ。

雄一もそれに合わせて動き出す。キングが拳《こぶし》を突き出すよりも早く懐に入り込み、出された腕をかつぐように掴《つか》むと、背負い投げた。

キングを地面へと叩きつける。背中を強打したキングは動けなくなった。

これで陸上競技場のグラウンドに立つ者は雄一ただ一人。

雄一の完全勝利だった。

それを確認《かくにん》したからか、睦子と依子がやってくる。

「うーん、伝統とはいえ、白蝋樹製だとちょっと耐久性が物足りないわ！　やっぱりカーボンファイバーとかの方がいいかしらね？」

睦子は折れかけの槍を見て難しそうな顔をしている。雄一が勝つのは当たり前だと思っているのか労《ねぎら》いの言葉一つない。

「あぁ……お兄ちゃんが私のために千人の悪者に敢然と立ち向かい、しかも全てを叩きふせるなんて……」

依子の目が潤んでいた。確かに依子のためと言われるとそうなのかもしれないが若干違和感を覚えるセリフだ。こちらも雄一を心配していた素振りはまるでない。

「これで全部終わったんだよな？」

そう思うも何か引っかかりを覚える。

「あ、そういや事の発端《ほったん》のあいつはどうしたんだ？」

最初に依子にちょっかいを出してきた昴という少年のことを思い出す。倒した相手を全て把握しているとはいえないが、この中にはいなかったはずだ。

事態がここまで大きくなってしまってはもうあの程度の小者は関係がないということかもしれないが、それが妙に気になる雄一だった。

＊＊＊＊＊

昴は雄一の戦いを静観していた。お互いその存在に気付いてはいなかったが、睦子たちがいるのとは反対側の観客席に昴はいたのだ。

昴は戦いがはじまってすぐに趨勢《すうせい》を見定めた。

坂木雄一は化け物だ。

キングに忠誠を誓い、戦いの熱狂に巻き込まれている者たちにはそれがよくわかっていないのだろうが、端から見ていればそれは実によくわかる。

同じ高校生、人間だなどとはとても思えなかった。

攻撃がまるで当たらないのだ。それは側面からだろうが背後からだろうが同じことで、全てを見通してでもいるかのようだった。

こんなもの、どれだけ人数がいようが勝てるわけがない。

昴は競技場を後にした。

坂木雄一には勝てない。だがそれなら戦わなければいいのだ。

他にやりようはいくらでもある。

もう坂木依子はどうでもよくなっていた。とにかく何らかの形で、自分の中にあるどろどろと渦巻いている闇を吐き出さなくてはならない。

昴は日が昇りつつある中、坂木家に向かっていた。

単純なことだ。今なら坂木家に雄一はいない。

手にはガソリンを入れたペットボトルを持っていた。ライターも持ってきている。

戦って勝てないなら、とことん嫌がらせをしてやろう。昴はそう思っていた。放火は重犯罪だろうが構いはしない。

昴はキングの一味に粛清されるのではないかと考えていた。キングの組織は崩壊寸前で、その原因の一端《いったん》は自分にある。崩壊すると言ってもキングはカリスマだ。残党がいればきっと昴に復讐《ふくしゅう》しにくるだろう。

つまり昴は自棄になっていた。どうせ死ぬのだ。犯罪だろうが構いはしない。

しばらくして昴は坂木家に辿りついた。

門をくぐり庭へと入る。

そこには早朝だというのに、庭の手入れをしている女性がいた。上機嫌な様子で水を撒《ま》いている。

随分《ずいぶん》と若く見えるが坂木兄妹の母親だろう。どこか依子に似ている美しい女性だった。

この時、昴はおかしくなっていた。普段《ふだん》ならそんなことを考えはしないだろう。暗い、獣のごとき情欲が蠢《うごめ》いているのを自覚し、それに身を任せようとしたのだ。

どうせ自分はおしまいだ。だったら何をやったっていい。

昴は坂木家の母親を襲うべく、一歩を踏み出した。

＊＊＊＊＊

坂木たまこはのんびりとした性格で、おっとりとした印象の美人として知られている。

温和で人当たりのよい性格は皆《みな》から好かれており、近隣住人との仲も良い。町内の面倒な頼み事も嫌な顔一つせずに引き受けるため、頼りにもされていた。

趣味《しゅみ》はハウスコーディネートだ。インテリア、エクステリアの双方共に造詣《ぞうけい》が深い。家そのものにもこだわっており、坂木家の建物は海外から輸入したものだ。

手芸も趣味の一つで、かなりの腕前《うでまえ》だ。家の中には手作りのオーナメントがさりげなく配置されている。

ガーデニングにも凝っていて、外からも見える庭の美しさは近所でも評判だった。クリスマスが近づけば、イルミネーションで飾り付けもする。

そんなたまこだが、最も大事にしているのが三人の子供たちだ。たまこは子供たちを溺愛している。優先順位でいえばもちろん、自分の趣味よりも子供たちが上だ。

人には能天気だと思われがちなたまこだが、そんな彼女《かのじょ》にも悩《なや》みがあった。

子供たちが家のことをあまり気にしてくれないことだ。長女と長男は家のなかでもよく暴れていて、頻繁に物を壊す。その度に注意はするのだが、あまり強くは言わなかった。たまこは子供たちに萎縮してもらいたくないのだ。のびのびと育ってほしい。それがたまこの教育方針だった。

そのおかげか妙な成長を遂げている気はするが、人の目ばかりを気にしてビクビクと生きるよりはよほどいいだろう。

庭の様子についても雄一は無頓着《むとんちゃく》で、武術の修業とやらで庭を完全に踏み固めてしまったことがある。芝生は完全にはげて雑草一つ生えない状態になり、この時は怒《おこ》るよりもただだ悲しかった。さすがに雄一も反省したのか、それ以降は庭で暴れる回数はかなり減った。

その日の早朝。たまこは家に一人だけだった。

子供たちは三人そろってどこかにでかけているらしい。皆しっかりしているので外泊はそれほど気にしてはいない。

夫は新システムのリリースとやらで職場に泊まり込んでいた。夫はＩＴ系の職業なので普段から忙《いそが》しそうにしている。

一人だといっても特別なことは何もない。たまこはいつものように庭の草花に水を撒いていた。

すると背後でかさりと音がした。

また猫でもやってきたのだろうか。最近庭を荒らすので困っているのだが、かといって手荒く追《お》い払《はら》うのも可哀想だとたまこは悩んでいる。

猫なら根気よくだめだと言い聞かせよう。猫でも話せばわかってくれるはず。そう思いながらたまこは振り向いたが、そこには誰《だれ》もいなかった。

＊＊＊＊＊

坂木家の警戒システムに反応があったと睦子が言い、雄一たちは慌《あわ》てて帰って来た。

門をくぐり庭に入ると、母親のたまこがのんきに庭いじりをしている姿が目に入る。

「姉ちゃん、なにも起きてないけど？」

すると睦子は黙《だま》ったまま門の側を指差した。

そこには丸太を組み合わせて作り上げた人形が立っている。

木人だった。古いカンフー映画を参考に睦子が作ったからくり人形だ。

見た目の間抜けさからは想像できない強さを誇っており、夏合宿の際には風呂《ふろ》を覗《のぞ》きに行った茨木《いばらき》をこてんぱんにやっつけた実績もある。

こんなものを庭に置くのは嫌だと母のたまこはしぶったが、睦子は猫よけだと言って、昨日のうちに設置していたのだ。

睦子が木人を指していた指を地面へと向ける。

木人が何かを踏みつけていた。それは柔らかい花壇の土に埋まるように沈んでいる。よく見ればそれは、依子にちょっかいを出そうとしていた昴だ。

誰もいない家を襲撃しようとしたのかもしれないが、結果はこれだった。

「なんでこんなことになってるんだ？」

「捕獲モードだからよ。逃げないように押さえつけてるの」

他にどんなモードがあるのかを雄一は聞きたいと思わなかった。どうせろくでもないモードしかないはずだ。

「……母さん気付いてないのか？」

「見たところそんな感じね……」

「つーか、この木人どういうシステムだよ……危なくないのか？」

「最高峰の顔認識システムを搭載してるから大丈夫よ。家族には手を出さないわ」

「怪《あや》しい奴《やつ》じゃなくて、ただのお客さんが来た場合どうなるんだ？」

「あ」

「あ、じゃねーよ」

「だ、大丈夫よ。心拍数とか体温とかからファジーに判断して害意のあるなしを……」

「今度から木人禁止な」

小声で話し合う。たまこは木人が動いたことに気付かなかったようだ。ならこのまま、気付かせない方がいいだろう。

雄一はごまかすためにたまこへ駆け寄った。

「ただいま、母さん。その、変なこと聞くけどなにかなかったかな？」

「あら、お帰りなさい。変なことって?」

たまこが小首をかしげる。こんなしぐさはまるで少女のようだ。

「誰かがきたとか……かな?」

「そういえばさっき猫ちゃんが来たのかと思ったのだけど誰もいなかったの。気のせいだったと思うわあ」

「猫か。うん。猫だったんだろうな。母さんがそう言うなら」

雄一がたまこの注意を引いている間に、睦子は木人を元の位置に戻していた。だが、その下に埋まっているものを掘り起こしていては気付かれてしまうだろう。

「あら? むっちゃんとよりちゃんも一緒なの? みんなでどこに行っていたのかは知らないけど、遅《おそ》くなるなら連絡《れんらく》をしてちょうだいね」

「あ、その、ごめん。ちゃんと連絡するよ」

「それとやっぱりその木のお人形はお庭に合わないと思うの。むっちゃんには悪いけど片付けてもらえないかしら」

怒っているわけではない。しかし困った顔をされると雄一は弱かった。それは睦子も一緒で、隣にやってきて申し訳なさそうにしている。

どうしたものかと思っていると依子が近づいて来た。

「お母さん、私お腹がすいたな。朝ご飯はまだかな?」

「あ！　朝ご飯の準備はまだだわ！　もう、みんないつ帰ってくるとか言わないから。すぐ作るわ」

たまこはそう言われて朝ご飯に意識が向いたようだった。

「お母さん、私も手伝うから。早く行こう」

依子がたまこの手を掴んで引っ張る。たまこは引きずられるようになって、あらあらと笑っていた。よっぽどお腹がすいたのかと思っているのだろう。

たまこたちは家に入っていく。ちゃっかりと睦子もその後ろについていった。

「いや……後片付け俺《おれ》一人にやらせるつもりかよ……」

雄一はため息をついた。

花壇に埋まっている昴を掘り起こす。

土が柔らかかったせいか、大した怪我《けが》はないようだった。

ただ精神的ショックが大きかったのか、未《いま》だに呆然《ぼうぜん》としているようだ。

雄一は昴を立たせて、服の土汚れを払ってやった。

家の外に案内すると、素直《すなお》についてくる。

「えーと……もうよりちゃんにちょっかいだすなよ？　こんなのは序の口だからな。これ以上俺らにかかわるともっととんでもない目に遭うぞ」

昴は素直にうなずいたが、雄一は不安になった。今は心が真っ白になっていて、反射的に反応しているだけかもしれない。

だがひどい目に遭ったという記憶《きおく》はどこかに残るはずだろう。そう信じて雄一は昴を送り出した。

「で、この庭を俺が一人でどうにかすんのかよ……」

人型に穴の開いた花壇を前にして、雄一は途方《とほう》にくれるしかなかった。

第七章　【十一月二週目】幽霊

「坂木《さかき》くん、あなた憑《つ》かれてる」

そんなことを言いだしたのは同じクラスの高須《たかす》玲子《れいこ》で、ろくに喋ったことのない女子に話しかけられた雄一《ゆういち》は戸惑《とまど》った。

授業の合間にトイレへ行った帰り、教室に入る直前のことだ。

なぜか教室の前には女子の集団がたむろしていて、どうやら雄一を待ち構えていたらしい。

「え？　元気だけど？」

雄一はマジマジと玲子を見つめた。

ショートカットで少し地味な印象の少女だ。席が離《はな》れているので、人となりはまるでわからない。

何がなんだかさっぱりわからなかった。

いきなり変なことを言われたのもわからなかったし、玲子の後ろに四人ほど控えているのもよくわからなかった。

計五人の女子に見つめられ、雄一は非常に居心地が悪くなってきた。

「玲子ちゃんが言ってるのは疲労って意味じゃないの。霊に取り憑かれてるって言ってるのよ」

そう言ったのは玲子の後ろにいる一人だった。

――これは……また厄介なことが始まったのか？

雄一は意識して彼女たちの頭上を見た。

高須玲子は『嘘吐《うそつ》き』。

後ろにいる者達《たち》は『眼鏡』『腐女子』『降霊士』『女子高生』『幽霊』だ。

玲子と『腐女子』の赤城美紗《あかぎみさ》以外は別のクラスなのだろう。雄一には見覚えがなかった。

――ん？

雄一の目の前にいるのは五人。だが文字は六個ある。

『幽霊』の文字は誰の頭上にもなかった。ただその文字だけが宙に浮《う》いている。

「えーと、どういうこと？」

取り憑かれてるのはお前じゃないのか？　そう思いながらも雄一は聞いた。

「坂木くん。あなたの後ろに悪霊がいるの。そしてあなたの背後霊と闘っているのよ。今かろうじてあなたの背後霊は持ちこたえているような状態だけど分が悪いわ。なんらかの手立てが必要なの」

雄一は振り返った。

背後には特に何もない。文字が浮いているということもなかった。

「何もないけど？」

「馬鹿《ばか》ね。普通の人に見えるわけないじゃない。玲子ちゃんのような生まれつき霊感を持ってる人にしかわからないのよ」

呆《あき》れたように言うのは『降霊士』の少女で、先ほど玲子の代弁をしたのも彼女だった。

「えーと、じゃあ君には見えてるの？」

「だから、普通の人には見えないって言ってるでしょ？」

ますます馬鹿にしたように少女が言う。

『降霊士』が普通の人なのかどうかはよくわからないが、口ぶりからすればこの少女には見えていないらしい。

「見えない霊とやらのことを言われてもさ。よくわからないんだけど。その背後霊が負けたら何かあるのか？」

「死ぬわ」

玲子は簡単に言った。

「死ぬんだ」

冗談《じょうだん》にしては質《たち》が悪い。

「死にたくなかったら今日の放課後、屋上に来て」

話は終わりとばかりに玲子は教室に入っていく。

赤城美紗もそのあとに続き、残りの者は気の毒そうな目で雄一を見てから自分のクラスに帰っていった。

「めんどくせーな、おい」

ただの自称霊感少女が相手なら無視してしまってもよかった。

だが、ソウルリーダーで見えた文字がどうにも気になる。

結局雄一は、面倒《めんどう》だとは思いつつも屋上に行くことを決めていた。


雄一は授業が終わってすぐに屋上へと向かった。

大きめの通学鞄《つうがくかばん》を持ってきている。用が済んだら部活に行く予定だ。

愛子《あいこ》も一緒《いっしょ》だった。これは雄一が来てくれるようにと頼んだからだ。

玲子たちがやってくるにはもう少しかかるのだろう。

雄一はフェンスに寄りかかり、愛子に事情を説明した。

「何それ？」

事情を聞いた愛子の反応がそれだった。そう言いたくなる気持ちは雄一にもよくわかる。

「俺もびっくりだよ。高須さんとは話したこともないしさ。どんな子か知ってる？」

「あんまり。その一緒にいたって子たちは同じ中学だったみたいなんだけど、その子たちと仲良くしてるみたいで」

だからなのかクラスメイトとはあまり交流がないらしい。

「けどなぁ。霊が見えるとか言われても……」

霊を信じないわけではない。

吸血鬼《きゅうけつき》やら鬼《おに》やら神やらがいるのだ。幽霊ぐらいいても不思議ではないだろう。ただ、あの少女の言うことが真実だとはどうにも思えなかった。

「『降霊士』の方が言うならわかるんだけど、『嘘吐き』だからなぁ」

小学生ぐらいの子供が、霊が見えるなどと言って周りの興味を引こうとすることはそれなりにあるらしい。

ただ高校生にもなってまだそれを引きずっているのはどうかと思う。

「私が来てよかったの？」

愛子が不安そうに聞く。

「一人で来いとは言われなかったしいいんじゃないか？　それに今回も女子が五人で来るとしたら居心地が悪いし」

取り巻きは玲子の信奉者のように見えた。彼女らは玲子の能力を信じきっているのだろう。

しばらく待っていると、玲子がやってきた。

背後にはやはり取り巻きの連中を引き連れている。顔ぶれは前回と同じだった。

「どうして野呂《のろ》さんがいるの？」

やってきた玲子は愛子を睨みながら聞いた。

「もしかしてお邪魔《じやま》だった？　これから部活に行くから一緒にいるだけなんだけど」

愛子はしれっと答えた。雄一が思っていた以上に愛子はしたたかなようだ。

「別にいいけど。坂木くんには言いたいことがあって」

「霊が取り憑いてるって話か？　そんなこと言われてもよくわかんないんだけどな」

頭をかきながら雄一は言った。

「何!?　信じないって言うの？」

「玲子ちゃんはすごいんだから！　今までにも何人も霊を祓《はら》って助けてるし！」

とたんに取り巻きがギャーギャーと喚《わめ》きだした。

「ちょ、ちょっと待ってくれ！　信じないとか言ってるわけじゃないだろ!?」

「ちょっと落ち着いてよ。話は聞くから」

愛子がとりなし、玲子の取り巻きは少し落ち着いた。

「あなた達もあまり騒がないで。坂木くんも急にこんなことを言われて戸惑ってるでしょうし。これから説明するから」

玲子の言葉で取り巻きは完全に黙った。玲子の言うことは素直にきくようだ。

彼女らは玲子を筆頭とする集まりのようで、それは玲子の霊能力が礎となっている関係に見えた。

「説明してもらえると助かるな。急に死ぬとか言われて驚《おどろ》いたしさ」

「死ぬと言うのは嘘《うそ》じゃないわ。もっともそれはこのまま放置したら、ということだけどね。安心して。私がいれば大丈夫《だいじょうぶ》だから。じゃあ説明するわ。あなたは餓霊という悪霊に取り憑かれているの。それは人に危害を加えるとても危険な悪霊なの」

「えーと、なんで俺はそんなのに取り憑かれちゃったんだ？」

日頃の行いには自信のある雄一だ。悪霊に取り憑かれてしまうような邪《よこしま》なことをした覚えはない。

「運が悪かったのね。悪霊は次々に人を破滅させて殺しては、新たな獲物に取り憑いているから、たまたま目を付けられたのよ」

「運か……まぁいい方だとは自分でも思ってないけど」

運や巡り合わせの悪さにも自信がある雄一だった。

「餓霊は坂木くんの背後霊を食べている真っ最中よ」

「今食べられてんの⁉」

「餓霊は常に飢えているの。今ももしゃもしゃと食べているわ」

「なんか想像したくねーな……」

「坂木くんの背後霊は平家の落ち武者だから。ランクが低いからそうは持たないでしょう」

平家の人に失礼な奴だと雄一は思った。

「食べつくされれば今度は坂木くんの番よ」

「はぁ……で？　どうしたらいいんだ？」

「簡単よ。私のそばにいればいいわ。私の力があれば自然と嫌がって離れていくはず。だ、だから、坂木くんは私と付き合えばいいのよ」

一転、玲子はもじもじとそう言った。

「は？」

雄一と愛子の声が重なった。

「ちょっと！　何どさくさまぎれに変なこと言ってるの？」

愛子が憤慨《ふんがい》している。

これは告白なのだろうか？　そうなのかもしれないがちょっと卑怯《ひきょう》なやり口に思える。

「変なことじゃない！　玲子ちゃんが助けてあげるって言ってるんじゃない！」

「そうよ！　このままじゃ死んじゃうのよ！　親切な玲子ちゃんが仕方なくあんたと付き合うって言ってるの！」

またもや取り巻きが騒ぎ出した。

これははっきりと拒否《きょひ》した方がいいと雄一は決意した。

女子の集団が相手では腰《こし》が引けもするがこのまま放っておけばろくでもないことになりそうだ。

「ごめん。助けてくれるっていうのは嬉《うれ》しいけど自分でなんとかするよ」

「なんとかって？　死ぬわよ？」

「死んだとしてもそれは俺の問題だ。高須さんに迷惑《めいわく》をかけることじゃない」

きっぱりと雄一は言った。

「私とは付き合えないっていうの？　可愛《かわい》くないから⁉」

「趣旨が違《ちが》ってないか？」

玲子は可愛い方なのかもしれない。だが、雄一の周りにいる少女に比べれば若干見劣りはするだろう。

——困ったな……。

どうやら霊がどうのというのは本筋ではなかったようだ。

「野呂さんと付き合ってるの？」

「え？　私？　えーと、別にそんなんじゃ……」

突然《とつぜん》矛先を向けられて愛子が言葉を濁《にご》す。

「そう。付き合ってはいないけど告白中で返事待ちだ」

だがこれだとばかりに雄一はその話に乗ることにした。

「はい？」

愛子がぽかんと口を開けた。

「だから高須さんとは付き合えない。ごめん」

雄一はごまかすことにした。

はっきり拒否すると決意した割には、随分と情けないことになっている。

「そう……わかった」

玲子はそれ以上言っても無駄だと思ったのだろう。取り巻きを連れて屋上を出ていった。

だが『降霊士』と『幽霊』の文字はその場に残っていた。

「まだなんかあるのか？」

降霊士の少女は何もかもを見透かしたような、不敵な笑《え》みを浮かべていた。

「あなたはきっと玲子ちゃんに助けを求めることになる。その時玲子ちゃんの気が変わっていなければいいけどね」

そう言い捨てて降霊士の少女も立ち去った。

「坂木くん！　これはいったいどういうつもりなの!?」

皆がいなくなった途端《とたん》に愛子が詰《つ》め寄《よ》ってきた。

「勝手なことを言って悪かったよ。付き合ってるって言うと後々問題かと思ったから、ああ言ったんだけど。ほら、後で振《ふ》られたことにすれば後腐れはないだろ？」

「あほ！」

「悪かったって！」

「坂木くんはなんにもわかってないよね！」

「すまん、そこまで怒るとは思ってなかった」

「大体そんな断り方するんなら、小西《こにし》さんはどうなるわけ？」

以前小西妃里《ゆり》に告白された時のことを言っているのだろう。確かにその時に比べれば今回のやり方は姑息《こそく》だ。

「いや、なんかあいつらの勢いにびびってつい……って、野呂！」

雄一は突然愛子の手を引っ張り、抱きしめると横に飛んだ。

「はい⁉」

愛子が驚きの声を上げ、一瞬《いっしゅん》遅《おく》れてフェンスが揺れる。

「な、なに？」

「まだ残ってやがる！」

「なにが⁉」

「『幽霊』だよ！」

全員が帰ったわけではなかったのだ。一度は消えたはずの『幽霊』が再び屋上にあらわれていた。

「ごまかしてるとかじゃなくて⁉」

愛子が疑わしげに聞いてくる。

「あぁ。どうも攻撃《こうげき》されたらしい」

「どうすんのよ！」

「わかんねーよ！　幽霊なんて相手にしたことがねぇ！」

幸い気配からは大した力は感じなかった。先ほどの攻撃らしきものもフェンスを少し揺らしただけだ。

「逃《に》げようよ！」

「そりゃそうか」

雄一は愛子の手を取ったまま屋上の出口へと走り、ドアノブに手をかける。

開かない。

鍵《かぎ》はかかっていなかったし、先ほど出て行った玲子達も屋上の鍵など持っていないはずだ。

不穏な気配を感じた雄一は空を見上げた。

空の色が変わっている。

太陽だけは白く、だが空は墨を流したように黒くなっていた。

「なにこれ！」

「前にもこんなことあったな」

結界。

退魔士見習いの少年が愛子を中庭に閉じ込めるために使っていたものだ。

化け物を閉じ込めるためだと言っていたので正確には違うのかもしれないが、似たようなものだろう。

「ごめん。坂木くんが一人で慌ててるとしか思ってなかった！」

それは仕方がないだろう。幽霊が見えなければ何もわからない。

雄一は振り向いた。

ゆっくりと『幽霊』の文字が近づいてくる。

雄一は集中して、文字の下を睨みつけた。

中庭でのことを思い出したのだ。あの時も『吸血鬼』の文字だけが見えていて、集中することで愛子の姿を見ることができた。

文字の下に人がいるのだと思い込む。

するとゆっくりと人の姿が見えてきた。

「……なんか見えるようになってきた」

「その眼どうなってるの？」

愛子が呆れたように聞いてくる。

「知るかよ。制服から見るにこの学校の生徒か。女の子だな」

幽霊は星辰高校《せいしんこうこう》の女子制服を着ていた。顔は長髪で隠《かく》れているためよくわからない。

幽霊は両手を前に伸《の》ばしたままゆっくりと近づいてきていた。

首には鎖が巻き付いている。それは雄一達《たち》の足元、つまり屋上の出口から伸びていた。

「ねぇ！　何かお姉さんから幽霊対策を聞いてないの!?」

「そうだな。ファブリーズが効くって聞いたことがあるな」

幽霊対策と聞いて思い出したが、効果については甚だ疑問だ。というか消臭剤が幽霊に効くという意味がよくわからない。

「都合よく持ってたりする？」

わずかな期待を込めて愛子が聞く。

「都合よく持ってはいたんだが、鞄はあそこにおきっぱなしだ」

慌てて逃げたので鞄はフェンス際に残したままだった。何を想定しているのかはわからないが姉が勝手に入れている荷物に消臭剤は含まれている。

「飛び降りるとか!?」

「最悪それだけど、野呂が言い出すとは思わなかったよ」

随分と恐《おそ》ろしい思いをしたはずだが、気にしていないのだろうか。

「あとはそうだな。姉ちゃんから聞いた幽霊対策で一つ試《ため》したいことがある」

雄一は愛子を背中にかばうように前に出た。もし、幽霊が物理的な障壁を完全に無視できるなら意味は無いが、愛子を敵の前にさらしたくはない。

幽霊と対峙《たいじ》する。

幽霊の様子に変化はない。相変わらず両手を前に伸ばした格好で、同じペースで近づいて来ていた。

雄一は踏み込んだ。

幽霊が前に伸ばした手を左掌で下に押さえる。同時に右拳を下から突きあげた。

幽霊は顎《あご》を打ち抜かれて派手に吹き飛《ふと》んでいった。

途端に空の色が元に戻る。

グラウンドの喧騒も聞こえてきたので、結界らしきものには音を遮断する性質もあったらしい。

「え？　どうなったの？　何したの？」

愛子が戸惑いの声を上げる。

「殴《なぐ》った」

「殴れるの⁉」

睦子《むつこ》の言う幽霊対策。それは武術において探敵応散手《たんてきおうさんしゅ》、探手《たんしゅ》などと呼ばれるものだった。

「相手がどう動くか、こちらの動きにどう反応するか？　仮想敵を詳細にイメージして、状況《じょうきょう》に応じた最適解を探すっていう練習方法があるんだけど、それの応用ってことらしい」

殴って相手が吹き飛ぶ様を詳細にイメージする。

およそ現実味のない幽霊など幻のようなものだ。こちらが強烈にイメージすれば幽霊はそれに巻き込まれる。そんな無茶苦茶な理論を睦子は提唱していたのだが、どうやら有効だったようだ。

「ま、殴れる相手なら怖くねーな」

「もう無茶苦茶だよね……」

愛子が呆れるのも無理はないと思う雄一だった。

倒《たお》れている幽霊に雄一は近づいた。

雄一に気付いたのか、幽霊は這《は》うようにして逃げ出す。先ほどまでとは随分と様子が違った。幽霊もまさか殴られるとは思ってもいなかったのだろう。慌てふためいているようだった。

雄一は、幽霊に巻き付いている鎖を拾い上げて引っ張った。

幽霊は雄一の力に対抗《たいこう》できず、ずりずりと引きずられてあっさりと足元までやってきた。

「パントマイム？」

「そう見えるだろうな」

愛子には鎖を引っ張る振りをしているとしか見えないのだろう。

「よぉ」

雄一は幽霊に話しかけた。

『た、助けて！』

「あ、声は私にも聞こえるような」

愛子はたいして怖がってはいなかった。

「助けてって……そっちから襲《おそ》ってきたんだろうが」

『違うの！　やりたくてやってるんじゃないの！　この鎖が私を操るのよ！』

「これか？」

雄一は鎖を両手で持ち引っ張る。イメージの鎖はあっさりと千切れた。

『へ？』

「これでいいだろ？　事情を説明してくれるか？」

『ありがとう』

そう言って幽霊は立ち上がり、ふらふらとフェンスの方へと歩いて行った。

幽霊

「おい！　どこいくんだよ！」

『自由になったらやらなきゃいけないことがあるのよ』

幽霊はフェンスに掴《つか》みかかった。そしてそのまま上っていく。

雄一が呆気《あっけ》にとられていると、幽霊はフェンスの上に立ち上がった。

なにをするつもりなのかと見ていると幽霊の体がゆらりと倒れていく。

そしてそのまま頭から落ちていった。

「え⁉」

幽霊の姿が消えた。屋上から地面へと飛び降りたのだ。

「どうしたの？　何がなんだかよくわかんないんだけど」

愛子が聞いてくるが、雄一にも何がなんだかわからない。

「飛び降りた……」

雄一もフェンスを上り、地面を見下ろす。幽霊の姿はどこにもなかった。

「ちょっと！　見られたらどうすんの！」

愛子の慌てる声を聞き、雄一は屋上へと戻《もど》った。

幽霊騒ぎのあった日の深夜、睦子の部屋に雄一はやってきていた。

いつものように起きていた睦子は雄一を迎え入れ、二人はローテーブルを挟《はさ》んで座《すわ》っている。

「そうね。地縛霊なんかは生前の行動を繰り返すなんてことを聞いたことがあるわ！」

睦子はいつものように自信満々だ。突然聞かされた幽霊話にもまったく動じていないし、疑うそぶりも見せない。

「つまり、あいつはあそこから落ちて死んだ……ってことか？」

相談している雄一の方が半信半疑なぐらいだった。

「そういうことなのかしら。でも私が入学してからそんな話は聞いたことがないからもっと前の話なのかも。ちょっと待っててね！」

睦子は立ち上がるとＰＣ机に向かい、しばらくしてから戻ってきた。

ローテーブルの上にプリントアウトした用紙を置き、雄一に見せる。

「これね。十年ほど前の話だけど、屋上から落ちて死んだ女生徒の記事があったわ」

どこから入手した情報なのか、その女生徒の顔写真まである。名前は江藤奈美《えとうなみ》となっていた。

「うーん、髪で隠れてて顔がよく見えなかったからなぁ」

あの幽霊と同一人物であるという確信を雄一は持てなかった。

「ネットで話題になった事件らしいわ」

「何か変わった事件だったのか？　こういっちゃなんだけど屋上から人が飛び降りるってそこまで話題になるほどのもんでもないだろ？」

事件の起こった学校では大騒ぎかもしれないが、世間で話題になるほどとも思えない。

「ちょっとしたミステリーがあったのよ。二人の女生徒が争ったあげくに屋上から落ちたらしいわ。その目撃者はいるの。けどね。地面に落ちて死んだのは一人だけ。もう一人は行方不明になっちゃったのよ」

「それは……確かにミステリーだとしたらトリックでもありそうな話だな」

雄一は脳裏に情景を思い描いた。屋上から二人が落ちていく。そして最終的に地面に落ちたのは一人。ならば答えは簡単だ。

「落下中に開いてる窓に飛び込んだんじゃないか？　それか一人はうまく着地してそのまま逃げて行ったとか？」

それならどうにかなりそうだと雄一は自慢《じまん》げに言った。

「ゆうくん。普通《ふつう》はそんなこと出来ないのよ？　自分に出来るからってなんでもそれを基準に考えるものじゃないわ」

珍《めず》しいことに睦子が呆れたようになっている。この非常識な姉に常識について語られてしまい雄一は地味に傷ついた。

「ちなみに壁越しに発剄《はっけい》で殺すなんてのも普通の人には出来ないからね？」

「しねーし、しようとも思わねーよ！」

なぜいきなりそんな話になるのかがわからなかった。

「そんなことよりもさ。そもそもの発端《ほったん》が悪霊が取り憑いてるとか言われたことなんだけどどう思う？」

「別に気にするほどのことでもないんじゃないの？　ゆうくんは幽霊もソウルリーダーで見ることができる。けど背後には何もいないんでしょ？」

「まあな」

鏡越しでも文字は見ることができる。だが雄一の背後に何かが見えることはなかった。

「それに殴れたんでしょ？　ということはゆうくんの持つ技術が全《すべ》て通用するということだし、通用するなら倒せるということだから、悪霊がいたとしても大丈夫なんじゃないかしら？」

「悪霊ってのは嘘っぽい。けど、幽霊が襲いかかってきたってのは気になるんだよな」

「鎖で繋《つな》がれてたってのも気になるわね。さっきの話に出て来た降霊士が操っているのかしら？」

　そういえば降霊士は不穏なことを言っていた。

　降霊士には幽霊を使役する能力があり、それを使って雄一に幽霊をけしかけてきたのかもしれない。

「とりあえずは様子見ってところかしら。また何か変わったことがあったら教えてちょうだい！」

　その日の相談はそんなところだった。


　雄一は裏拳《うらけん》を放った。

　昼休みの廊下《ろうか》なので人通りはあるが、手早く行ったので気づかれてはいないだろう。

　雄一の一撃《いちげき》は、スーツを着た幽霊の首をへし折った。

　血の涙を流している男の首はもげそうで、さらに幽霊らしい見た目になる。

　四つんばいで壁を走っている少年は、雄一目掛けて舌を伸ばしてきた。巻き付けて締め付けるつもりなのだろう。雄一は舌を掴んだ。手首のスナップを利かせて鞭《むち》のように振る。

　少年を床に叩《たた》きつけてからトイレに入った。

トイレの中には買い物袋に自分の首を入れた小太りの女がいたので、雄一は買い物袋を蹴り飛ばした。雄一の股間《こかん》を覗《のぞ》きこもうとしたからだ。

小太りの女が首を捜して慌てふためいている間に用を足す。

洗面台で手を洗っていると、血まみれの少女が鏡に映っていた。特に何もしてこなかったのでこれは無視した。

「なんなんだよ、いったい」

トイレに行くのも一苦労というところだ。

高須玲子に悪霊の話をされた翌日。

登校した雄一に『幽霊』が大挙して押し寄せてきたのだ。

殴り飛ばせば消えるので今の所危害を加えられてはいないが、それでも鬱陶《うっとう》しい。

授業中などは特に厄介で、挙動不審に思われやしないかと、かなり気を配っていた。

トイレを出た雄一は鎖をたどることにした。

現れる幽霊の首には鎖が巻き付いている。全員がそうなので何か意味があるのだろう。

鎖は1‐Bの教室へと続いていた。

窓からさりげなく中を覗き込む。

鎖は一人の人物につながっていた。

『降霊士』の少女だ。食事をしている彼女《かのじょ》の腰に鎖が巻き付いている。

――やっぱりあいつの仕業《しわざ》ってことか？

昨日雄一を脅してきた顔ぶれが弁当を広げて談笑している。高須玲子も一緒だった。

「あれ、坂木くん。熱心に見つめているけど浮気相手でも探してるの？」

振り向けば眼鏡をかけた少女、浜崎友美《はまさきともみ》が立っていた。

『偽者』の少女だ。

何が偽者なのかは未《いま》だによくわかっていないが、雄一は聞こうとは思っていない。

知ればまた余計なことに巻き込まれかねないからだ。

「なぁ。あいつ誰《だれ》だか知ってるか？」

雄一は降霊士の少女を指差した。友美は妙《みょう》なことに詳しいので何か知っているかもしれない。

「安定のスルーっぷりだね。んー、しかしあまり人と関《かか》わりを持ちたがらない坂木くんが女の子に興味を示すとはどういう風の吹き回しやら」

「お前が俺《おれ》の何を知ってるってんだよ」

「はいはい。えーと、あの子だよね。獄門美咲《ごくもんみさき》だったかな。あの子がどうかしたの？」

「あのグループに昨日からまれてな。なんだか妙なことになりつつある。けど、浜崎には関係ないから」

「いやいやいや、聞いといてそりゃないでしょ？　一応私も、もにか軍団とやらの一員なわけだし」

もにか軍団とはもにかの神器集めに協力する者たちだ。友美も自分から首をつっこんできたので一応仲間ということになっている。

「いや、多分今回のは神器とは関係ないと思うんだよな」

なんとなくで確証はない。もしかしたら、幽霊を使役しているのが神器の力である可能性はある。

「何か役に立つかもだし、話ぐらいしてくれてもいいんじゃないの？」

「わかったよ。場所を変えよう」

昼休みなのでどこも人が多いだろう。とりあえず雄一たちは廊下の隅《すみ》の方に移動した。

そこで手短に、昨日の出来事を伝えた。

「幽霊ね……坂木くんの話しぶりからすると舐めてるように聞こえるけど、意外とやっかいよ？」

「そうなのか？」

「世界観の話をしたときに、その世界観を信じている人が多いほど、その世界観は強固なものになるって言ったと思うけど、幽霊とか霊魂って結構信じられてるのよ。少なくとも天狗《てんぐ》やら鬼やらよりはずっと具体性を持って信じられてる。なので幽霊には力がある。それが本当に死者の魂のあらわれなのかはわかんないけどね」

「でも、これまで幽霊なんて見たことなかったぞ？　文字で見たこともなかった」

「それはね。これまで坂木くんの世界にはいなかった。けど、幽霊を信じ切ってる彼女たちと関わったことで、世界観が影響《えいきょう》を受けたってことかな」

「なるほどな……なあ？　浜崎は幽霊退治とかできないのか？」

「へ？　なんで私が？」

「ニーハオ・ザ・チャイナの娘なんだろ？　道士的ななんかそーゆーのを習ってたりしないのか？」

雄一が思い浮かべたのはキョンシーなどが出てくる、古い中国製ホラー映画だ。勝手な思い込みだが、ニーハオ・ザ・チャイナなら霊を滅する謎の秘技に通じていても不思議ではない。

「私は実の娘じゃないし、ニーハオ・ザ・チャイナの技とか受け継いでないから」

「え？　そうなのか？」

「あ、私の素性に興味が湧いてきた？」

「湧いてないし、話さなくていい」

雄一は素っ気なく返した。

「ちょっとー！　なんでそう頑《かたく》なに私の事情を知ろうとしないのよ！」

「なんかすっげーめんどくさそうなことに巻き込まれそうな気がして仕方がない。まず『偽者』って時点で不穏な気配しかしないしな」

雄一は軽く手を振ってその場を後にした。友美は不満そうだったが、それ以上事情とやらを押しつけてくる気はないらしい。

雄一は教室へもどったが、相変わらず『幽霊』は押し寄せてきた。

席に戻った雄一は適当に『幽霊』をあしらいながら考えた。

『幽霊』は雄一に襲いかかってくる。他の者を襲っている様子はない。

『幽霊』が襲いかかってくるのは学校内でのみ。

『幽霊』は『降霊士』獄門美咲の腰から伸びる鎖に繋がれている。

『幽霊』には鎖が巻き付いている。主には首だが、首がない場合は首に近い場所に巻かれている。

『幽霊』の鎖を千切れば『幽霊』は雄一を攻撃することをやめる。

『幽霊』の中には意思疎通ができる者もいる。だがそれはごく少数で大半はよくわからないうめき声をあげる程度。

『幽霊』の中には結界を張るものがいる。ただし人が大勢いる場所では使ってこない。『幽霊』を攻撃すれば結界は解ける。

『幽霊』はある程度離れると見えなくなる。

——どうしたもんだろうな、これは。

おそらくは獄門美咲の仕業だ。学校でしか襲われないのはあの鎖の長さに限界があるからだろう。

襲われ始めたタイミングから考えると、高須玲子の誘いを断ったことが原因だろう。

だがなぜ断ると幽霊に襲われるのかがわからない。

獄門美咲に話をつけるのがいいのかもしれないが、結局それは高須玲子の言うことを信じて助けを求めるのと同じような気がして釈然としない。

結局玲子と付き合えという話になるのがオチだろう。

——まぁとりあえず放課後になるのを待つか。

恨めし気に見つめてくる幽霊の頭を掴んだまま、雄一は考えた。

放課後。雄一と愛子は屋上にいた。

「と、いうわけでだ。この状況をなんとかしたい」

「うーん、って言われてもね」

愛子が困り顔になる。確かにそう言われても愛子ではどうしようもないだろう。

「そこでこいつの出番だ」

雄一は左手を掲げた。愛子が不思議そうな顔をする。

愛子には見えないが、雄一は学校の制服を着た幽霊の首根っこを掴んでいた。

屋上から落ちて死んだという生徒だ。名前を聞けば江藤奈美だったので間違《まちが》いない。

『えーっと……放してくれないかなーって思うんだけど』

奈美の声が聞こえてくる。

「放すとまた屋上から飛び降りるんだろ？」

『そうなんだけど仕方ないよ。私のルーチンワークだから』

鎖はすでに千切ってある。鎖が巻き付いたままでは話にならないからだ。

「質問に答えてくれたら放してやるよ。なぜ俺を襲う？」

『わかんないよ。操られてるんだから、操ってる人に聞いてよね』

「この前はその鎖を千切ったんだよね？　なんでまた坂木くんを襲ってるの？」

愛子が質問する。ただ聞いているだけなのも暇だったのかもしれない。

『また鎖に捕《つか》まっちゃってさ。多分このあたりの幽霊はみんなあれに捕まってると思うよ。ね、質問に答えたでしょ？　放してよ。大丈夫、落ちないように我慢するから』

雄一としても頭を掴んだままの相手と会話を続けるのも居心地が悪い。雄一は奈美を解放した。

雄一の手から逃れた奈美が大きく伸びをする。幽霊でも体が凝るような感覚があるのかもしれない。

『で、あれ誰？　さっきから凄《すご》い存在感を放ってて、気になって仕方がないんだけど』

「……前にラブレター送ってきた人だよね……」

奈美の指差す先にはとても身体《からだ》の分厚い女生徒が立っていた。

壇ノ浦《だんのうら》千春《ちはる》。

以前、雄一に挑戦《ちょうせん》して返り討ちにあった少女だ。

千春は腰に手を当てて堂々としている。背には楽器ケースを背負っていた。大きさからするとチェロが入っているのだろう。合唱部だと言っていたが、千春は楽器パートなのだろうか。

身長は愛子より少し高いぐらいで、身体は前後左右どちらにも厚い。ありていに言えばデブだ。

「あれはラブレターじゃなくて挑戦状だった。で、壇ノ浦って人なんだけど」

雄一は基本的に女子は名字にさん付けで呼ぶ。親しい場合は呼び捨てになるのだが、この場合は親しいから呼び捨てということではないのだろう。

「ふふっ。我をこんなところに呼び出すとは一体どんな了見だ？　我《わ》が軍門に下る気にでもなったのか？　ならば歓迎しようではないか！」

大仰な手振りを交えて千春は言った。

「あ、人称《にんしょう》は我で統一したのか？」

「うむ。さすがにあれは我もまずいと思ったのでな。努力した！」

「それぐらいに努力を要するってなんなんだお前は。まぁいいや。今日は頼《たの》みがあって呼んだんだよ」

千春の連絡先は睦子に聞いた。睦子と千春は怪《あや》しげな武器の開発をしているらしく、つながりがあるのだ。

「ほう、我に頼みとな？　貴様には借りがあるからな。聞いてやるのは吝《やぶさ》かではないが……時にその女はなんだ？」

千春はまるまるとした指で愛子をびしりと指さした。

「野呂さん。同じクラスだ」

愛子を紹介《しようかい》すると、千春はじろじろと愛子をなめまわすように見始めた。

「ほう……見た目だけなら我に勝るとも劣らずというところか……」

「いや、野呂のほうが確実に可愛いから」

案外ひどいことを平気で言う雄一だった。

「か、かわ……」

愛子が絶句している。

「まぁいい。我は心が広いからな。我の逆ハーレム内に貴様のハーレムを作ることも許そうではないか！」

「それはもう、ただのサークルかなんかだな」

「ねえ……この人なんなの？　なんで呼んだの？」

気を取り直したのか愛子は雄一を少しかがませて、耳元に小声で話しかけた。

「なんなのって言われてもな。見たまんまこんな感じの可哀そうなやつだからあまり気にするな。呼んだ理由はこいつの眼《め》だ。こいつも変なものが見える眼を持ってんだよ」

「変なものとは失敬な！　我がアポカリプスアイをなんと心得る！」

いつのまにか近寄ってきていた千春は、愛子と雄一の側《そば》に顔を寄せていた。

「お前な……俺と野呂がこっそり話してるんだから空気読めよ」

「聞かれたくない話ならこんなところでするでないわ！　まぁいい。我の力を見せてやろう！　そこの！　野呂といったな。お前を特別に見てやろうではないか！」

「な、なに？」

愛子が怯《おび》えあとずさる。

「……ふっ……ヒロイン力たったの五か……ゴミめ……」

千春が侮蔑するように言う。

「なっ！」

愛子は愕然《がくぜん》とした顔で雄一を見た。

何かを言おうとしても言葉にならない、そんな顔をしている。

「数字が見えるんだとよ。それが何の数字かはよくわかんないけどな」

確か以前は戦闘力《せんとうりょく》だと言っていたと雄一は思い出した。

「お前に見てもらいたいのは野呂じゃなくてあれなんだけどな。わかるか？」

雄一は奈美を指差した。

「ふむ……む？　数字だけが浮いているだと？　マイナス三十……マイナスの数値は初めて見たな。これはどういうことだ？」

「幽霊らしいんだけど」

「うひゃい！」

変な声をあげて千春は雄一に飛びかかってきた。雄一はそれを軽くかわす。べたんと鈍い音をたてて千春は床に激突《げきとつ》した。

「なぜにかわす！　我のような美少女が幽霊に怯え抱《だ》きついてきたというのに！　優《やさ》しく受け止めるのがうぬの役目であろうが！」

むくりと身を起こしながら千春は苦情を言い立てた。

「今のはただのボディプレスだろ」

まともに喰《く》らえば結構なダメージがありそうだった。この質量は馬鹿《ばか》にできない。

「えーと」

愛子は戸惑《とまど》っていた。いきなりボディプレスをかましてくる女子高生を目にしたのは初めてだろう。

「と、いうわけでこいつにも幽霊関係の何かが見えることはわかったから何かの役にはたつだろ」

雄一が千春を呼んだのは幽霊の脅威度を見積もるためだ。人間が相手なら強さを判断も出来るが幽霊となると勝手がよくわからない。

「でも、その数値がわかったからって、解決に役立つの？」

「うーん、まぁ、そう言われるとなぁ」

自分以外にも幽霊を見られるものがいると便利かもしれない。それぐらいのことしか雄一は考えていなかった。

「そういや、数字しか見えないのか？　幽霊の姿は？」

「なんだと？　うぬには見えるのか？」

「まぁ、うっすらとな」

「ふむ。貴様にできて我にできぬという道理はあるまい。どれ、少し本気をだしてやろうではないか！」

千春が目を大きく見開く。ちょっと怖《こわ》いと思う雄一だった。

「ほう……見えてきたな。見た目は我に勝るとも劣らない……」

「さっきからそればっかだな！　お前の方が勝る相手なんてめったにいねーよ！」

「ねぇ、私にも見えないかな？」

一人だけ見えないのが寂《さび》しいのか、愛子までそんなことを言ってきた。

「そう言われてもなぁ……集中して見てみるとか？」

どう答えていいのかわからず、雄一は適当なことを言った。

「うん、やってみる」

雄一の言葉をまに受けたのか、愛子まで集中し始めた。眉間にしわを寄せ、目を細めて幽霊のいるあたりを見ている。

「あ、なんか見えてきたような……」

「マジかよ！」

半信半疑で愛子を見た雄一は慌《あわ》てた。

「野呂！　眼！　眼が赤くなってる！」

「え？　うそ！　どうしよう！」

瞳が赤くなるのは吸血鬼《きゆうけつき》としての力を発揮している時だ。怪我《けが》をした時になったことがあるが、こんなことで赤くなるとは思っていなかった雄一は焦《あせ》った。

慌てて千春を見る。千春は奈美の周りをうろうろとして観察に夢中だった。幸い愛子の様子にはまだ気付いていない。

雄一は鞄《かばん》からゴーグルを取り出した。睦子が勝手に入れていたものだ。

「これ！　とりあえずこれつけとけ！」

「う、うん！」

愛子も焦っているのか言われるがままに巨大《きよだい》なゴーグルを装着した。

暗視機能のついたもので装着すれば顔の上半分はほとんど見えなくなる。

「む！　なんだそれは！　かっこいいではないか！　……そのせいか？　ヒロイン力が三千まで上がっているのは！」

奈美の観察に飽きたのか、千春がこちらを見ている。危ないところだった。

「ゴーグルで上がるヒロイン力ってなんだよ……」

おそらく吸血鬼の力で戦闘力が上がっているのだ。確か雄一が一万八千と言っていたはずなので、その六分の一ということになる。自画自賛のようだが、この状態の愛子はかなり強いと雄一は考えた。

「さて、じゃあ全員見えるようになったところでどうするか――」

「なんなの！　いつもいつも屋上にばかりいて！　そんなにゆうくんは屋上が好きなの!?　だったら屋上と結婚したらいいじゃないの！」

突然《とつぜん》の声に雄一は振り向いた。

屋上の入り口前に睦子が立っている。どういうわけか白い小袖に緋袴《ひばかま》といった巫女《みこ》のような格好をしていて、手には大きな鞄を持っている。

「変わったことがあったら教えてちょうだいって言ったじゃない！　こんなところでこそこそしてるぐらいだもの！　なにかあったんでしょ！　変わったこと！」

「姉ちゃんが巫女になってるのが一番変わったことかな……」

「なんですって！」

「あー、いや悪かったよ。それにこの後どうしたらいいかわからなかったから丁度よかった。助けてくれよ、姉ちゃん」

「うん！」

雄一が頼むと睦子は満面の笑《え》みを浮かべた。それだけで機嫌《きげん》はあっさりと直ったらしい。

「おお！　睦子老師ではないですか！」

千春が大袈裟《おおげさ》に驚《おどろ》いている。雄一は二人が知り合いだとは知っていたが、老師と呼ぶような関係とは思っていなかった。

「あら、壇ノ浦さんも一緒《いっしょ》なの？　まあそれはいいわ！　今、いったい何がどうなってるの？」

雄一は今まであった出来事をまとめて睦子に話し始めた。

「大体の事情はわかったわ！　その獄門美咲って子が、友達に霊感があることにするために幽霊を操ってるのね！」

「獄門さんに自覚はなさそうだったけどな」

以前からこのようなことは繰り返されてきたのだろう。そして玲子は増長し、信奉者を増やしてきたのだ。

「解決策は三つあるわ！」

「選択肢が複数ある場合、大抵《たいてい》ろくでもないことが含まれてる気はするけど、とりあえず聞かせてくれよ」

あまり期待せずに雄一は聞いた。

「降霊士、獄門美咲を倒す！」

「倒すってぶん殴るのかよ！　相手はただの女子高生だ、無理に決まってんだろ」

この人が幽霊を操っているので退治しました、なんてことが出来るわけがない。

「高須玲子と付き合うことにして、獄門美咲に手を引かせる！」

「それで済むなら最初からやってるよ」

「後は学校中を除霊してしまうことね！　使役する霊がいなければ彼女にはどうしようもないわ！」

「結局最後の手段しかないし、その格好からすると、最初からそのつもりだったんだな？」

雄一が半眼で睦子を睨む。だったら最初からそれを言えばいいのにと思う。

「そ、そんなことないわ！　こんな格好もたまたま偶然なのよ！」

そう言いながら睦子は持ってきた鞄からごそごそとなにやら取り出し始めた。

「なんだそれ？」

釜だった。

それと蒸籠《せいろう》にガスコンロに水の入ったペットボトル。さらに米の入った袋と塩の入った袋だ。ここで料理でも始める気なのかと雄一は途端《とたん》に不安になってきた。

「釜と鳴動桶《めいどうおけ》ね。こっちの米は洗い米よ。水洗いした後、天日で数日乾かしているの！　これで釜鳴神事《かまなりしんじ》を執り行なって除霊するのよ！」

睦子はてきぱきと用意を始めた。

畳二枚分ほどの大きな布を取り出し屋上に敷く。布には巨大な八角形の図が描いてあった。方位に応じて生門、死門などの文字が書かれているこれは遁甲図《とんこうず》というものだ。

その遁甲図の中心にコンロを設置し、その上に釜を置いて中に水を入れる。塩も一握り入れ、釜の上に蒸籠のような鳴動桶を載せてコンロに火を付けた。

「……ってこれ沸騰するまで待つのかよ？」

釜は大きいし、水も結構な量が入っている。それなりの時間がかかるだろう。

「そうね。で、沸騰するまでは無量寿経《むりようじゆきよう》なんかを唱えるのよ。我建超世願必至無上道斯願《がごんちようせがんひつしむじようどうしがん》不満足誓不成正覚《ふまんぞくせいふじょうしょうがく》……」

のんびりとしたお経のリズムで睦子が唱え始める。

愛子がくらりと揺れて雄一にもたれかかってきた。

「あ、そういや、お経駄目《だめ》だったんだよな？」

すっかり忘れていたが、そんな話だった。

「そういえばそうだった……除霊って大丈夫《だいじょうぶ》かな、私……」

「姉ちゃん、ちょっと離《はな》れてるよ」

雄一は愛子を連れて屋上の端に移動した。

「大丈夫か？」

「うん、不意打ちだったからびっくりしたけど、覚悟《かくご》してたら大丈夫だと思う」

『私はどうしたらいいの？　除霊されたら成仏《じょうぶつ》しちゃうんじゃ……』

幽霊の奈美と、千春も遅《おく》れてやってきた。

「成仏するなら別にいいんじゃないのか？　それともしたくない理由でもあるのか？」

『そりゃ心残りがあるから、ずっとこのあたりにいるのよ』

「じゃあちょっと離れてろよ。あの釜の効果範囲がどれぐらいなのかわかんないけどさ」

『じゃあそうするね』

そう言って幽霊はフェンスをのぼると屋上から落ちていった。幽霊のくせにフェンスをすり抜けることはできないらしい。

「時に坂木雄一。先ほどから幽霊が増えてきてはいないか？」

「あ⁉」

千春が言うように、どこからともなく幽霊があらわれていた。鎖に捕らわれているので獄門美咲が使役している者たちだろう。

「俺を狙って……って感じじゃないな。狙いは姉ちゃんの儀式《ぎしき》の阻止か？」

雄一は慌てて睦子のもとに戻ろうとした。

「なに、坂木雄一。慌てる必要はない。こんなこともあろうかと！」

だが千春は雄一を制止した。そして背負っていた楽器ケースを下ろし、蓋《ふた》を開ける。中にはアーチェリーの弓が入っていた。千春がそれをゆっくりと、芝居《しばい》がかった様子で取り出す。

「ふふぅ！　壇ノ浦流には邪悪な存在を滅する破魔の術式も存在するのだよ！　その名も壇ノ浦流梓弓！　鳴弦《めいげん》の弦打《つるうち》よ！」

「いろいろと言いたいことはあるが、なぜ楽器ケースから弓が出てくる？」

「楽器ケースに武器を入れる以外の用途があるとでも言うのか！」

「謝《あやま》れ！　楽器ケース職人さんに謝れよ！」

千春は雄一を無視して、弓を引き始めた。矢はつがえていない。梓弓とはそういうものなのかもしれないが、洋弓《ようきゆう》でやるなど雄一は聞いたことがない。

「破ァ！」

千春が気合いとともに引き絞った弦を放つ。

何もおこらなかった。

ただ弦が震《ふる》えただけ。そう見えたが、霊体に対しては如実《によじつ》に効果が現れた。

見えない矢が飛んだということか、複数の霊の身体に一直線に穴が開く。遅れて霊の姿は霧散していった。

「う……うむ。ど、どうだ！　凄いだろうが！」

「いや、自分でやっときながら、かなり驚いてたろうが」

ここまで威力があるとは思っていなかったのだろう。今日まで霊を見ることはなかったのだから、どんな現象が起きるのかもわかっていなかったはずだ。

「あぁ！　遁甲図が結界になってるから、霊とかは入ってこられないし慌てる必要は無いわ！」

「それを先に言えよ！　つーかそれなら俺等《おれら》も中に入れとけ！」

雄一たちは睦子のもとに戻《もど》り、遁甲図の中に入った。確かに霊たちは中に入ってこられないようだ。

準備が整ったのか、睦子は鳴動桶に米を回し入れる。そして禊祓《みそぎはら》いの祝詞を奏上し始めた。

「高天《たかま》の原《はら》に神留《かむづま》ります、神漏岐《かむろぎ》・神漏美命《かむろみのみこと》以ちて、皇御祖神伊邪那岐命《すめみおやかむいざなぎのみこと》、筑紫《つくし》の日《ひ》向《むか》の橘《たちばな》の小門《おど》の阿波岐原《あはぎはら》に、禊祓《みそぎはら》い給《たま》う時《とき》に生《あ》れませる祓戸《はらいど》の大神達《おおかみたち》、諸々《もろもろ》の禍事罪穢《まがことつみけがれ》を、祓《はら》い給《たま》い清《きよ》め給《たま》えと白《まお》す事《こと》の由《よし》を天津《あまつ》神《かみ》・国津《くにつ》神《かみ》・八百万《やおよろず》の神等共《かみたちとも》に聞《きこ》し食《め》せと恐《かしこ》み恐《かしこ》み白《まお》す」

「お姉さん凄い記憶力だよね……」

雄一の隣《となり》で愛子が感心している。睦子はそらで祝詞を唱えていた。

「野呂、これは大丈夫なのか？」

「うん、これは大丈夫みたい」

神道系は問題ないのだろうか。そのあたりがよくわからない。

しかし、道教の遁甲図に、仏教のお経、釜鳴や祝詞は神道だろう。こんなに交ぜて大丈夫なのかと心配になってくる雄一だ。

睦子が何度か祝詞を唱えていると、釜がボーッという音を立てはじめた。

それだけで周囲にたむろしていた霊たちは苦しみ始める。

睦子は鳴動桶の蓋を開けて一礼、二拍手、米を追加で入れ、さらに一礼した。

すると釜はブォンとさらに激しく鳴動を始める。

「さぁ！　みんなも同じようにやるのよ！」

「え？　そんなの聞いてなかったんだけど！」

てっきり睦子が一人で全部やるものだと思っていた雄一だった。

「参加者全員でやるのよ！　ぐずぐずしない！」

睦子に急《せ》かされて雄一は指示されるがままに儀式を行った。続けて愛子たちも行い、その度に釜の鳴動は激しさを増す。

気付けば屋上にいた霊たちは姿を消していた。

釜は凄《すさ》まじい音を立てて鳴動を続けている。

「じゃあ、ゆうくんは釜を持って！」

「え？　まさか……」

「そう！　この釜で学校中を除霊して回るのよ！」

そのまさかだった。

結局、学校中を除霊するのに夜までかかってしまった。

大音響で鳴り響く釜を持って学校中を練り歩かされるのは、かなり恥ずかしかったが、睦子がやると言えばそれは絶対なので逆らうことができない。

何度か先生に注意を受けたが、その度に睦子が適当なことを言って煙《けむ》に巻いていたようだ。

睦子が言うには釜鳴神事はかなり強力な除霊手段らしい。

問答無用で空間を初期化するとのことだった。このあたりの話は雄一からすれば眉唾ものなのだが、空間に残存している思念の類《たぐい》を綺麗さっぱり消し去ってしまうらしい。なのでかなり強力な霊が相手でも通用するとのことだった。

翌日、学校に行ってみれば確かに霊の姿は見当たらなかった。

釜鳴神事のおかげか、なんとなく学校内が清浄な空気で満ちている気がする。

これで雄一が霊に襲《おそ》われる心配もなくなり、高須玲子と付き合う必要もないのだろう。

昼休みに獄門美咲を見に行ったが、特に変わった様子はなかった。やはり自覚はないのだろう。

これで幽霊騒ぎは解決のはずだ。だが雄一はそのまま屋上に足を運んだ。

そこには雄一が思ったとおり、奈美の姿があった。

「結局成仏しなかったんだな」

『うん、私落ちるとしばらくどっかいっちゃうみたいなのよ。で、気付いたらまた学校の中にいて、屋上に行って落ちるのを繰《く》り返《かえ》してるの。だから落ちて消えてる間は、除霊の効果がなかったんじゃない？　今は余計なやつらがいないから、過ごしやすいぐらいだけど』

あの釜の効力は儀式を行っている間だけのようだった。

「鎖は？」

『今日はまだ見かけてないけど。でも坂木くんはどうしてここに？　私なんかほっとけばいいのに』

「他の呻《うめ》くぐらいしかしないやつらと違《ちが》って、江藤さんとは話ができたからな。意思の疎通のできる相手が苦しんでるのはほっとけないだろ？」

『あは、苦しんでるように見えた？　ま、後悔《こうかい》はしてるのよ。なんでこんなことになっちゃったんだろう、って』

「そういやおかしな状況《じょうきょう》だったたって聞いたな。そのあたりはどうなんだ？」

二人が落ちて一人は死に、一人は行方不明になった。死んだのは江藤奈美。行方不明になったのは天津千恵《あまつちえ》だと雄一は記事で読んだ。

『事故だったのよ。確かに喧嘩《けんか》はしてたんだけど、私は殺そうだなんて思ってなかったし、千恵ちゃんもそうだと思う。今はこんなフェンスがあるけど、昔は柵だけだったのよね。ここで取っ組み合いの喧嘩をしてさ、そしたら柵が壊れちゃったの』

「で、一緒に落ちてどうなったんだ？　そこが謎だってされてたんだけど」

『ちょっとだけ千恵ちゃんが先に落ちて、私の目の前で消えたの。それが最後の記憶。その後は地面に激突しちゃったってことでしょうね』

「消えた？」

『うん。それが心残りなんだと思う。千恵ちゃんがどこに行ったのか、それが気になってる』

その謎を解明しない限り、奈美はこの繰り返しから逃れることはできないのだろう。

「事件のことはもうちょっと調べてみるよ。途中《とちゅう》で消えたってことを前提に調べれば何かわかるかもしれない」

この事を姉に伝えれば何か思いつくかもしれない。

『そう？　じゃあ、あまり期待せずに待ってる』

「また落ちるのか？」

『うん。けど、坂木くんの前ではやめとくよ』

確かに人が落ちるところなどあまり見たいものではない。

雄一は奈美を残し、屋上を後にした。

＊＊＊＊

それは自動的だった。

ただ周囲にいる霊体を捕らえるだけのものだ。

そこに能力者である獄門美咲の意思は関係がない。

範囲内にいる霊体をただただ捕らえ続ける。範囲から出れば解放する。それだけのものだ。

それには多少の意思があるが、それは美咲の意を汲《く》むためのものではない。霊体を捕らえるのに必要だからだ。鎖は霊体に巻き付くことで自由を奪い使役するが、単純に襲いかかるだけでは逃げられてしまう。それは必要に迫られて擬似的な意思を持つに至っていた。

それは戸惑っていた。

獲物がいない。

いつもなら山のようにいる霊体が綺麗さっぱりといなくなっていた。

それが自動的に霊体を捕らえようとするのは本能のようなもので、飢えに似たものだ。いないからといって諦めたりはしない。

それは鎖を学校中に伸《の》ばす。

だがどこにも霊体はいない。

それでもそれは執拗《しつよう》に獲物を探し求める。

そしてそれはようやく一体の霊体を発見するに至る。屋上だ。

それは鎖を霊体に向けて伸ばす。

だがそれは鎖が到達《とうたつ》するまえに、屋上から飛び降りた。

鎖は屋上から地面へと霊体を追う。霊体は地面に激突し、そして消え去った。

やっと見つけた獲物がいなくなった。だがそれは落胆《らくたん》することもなく、さらに獲物を探し求める。

そしてそれは気付いた。

霊体はいる。

邪悪な意思を持った者たちが、蠢《うごめ》いている。

あの霊体を追わなければ気付けなかった。それに感情があるなら、喜んだことだろう。

だがそれは、ただ発見した獲物のもとへと鎖を伸ばし、闇《やみ》に捕らわれし者どもを引きずり出すだけだった。

＊＊＊＊＊

除霊をした日から二日目。

その日は朝から雲行きが怪しかった。どんよりとした灰色の雲が空を覆っていて、今にも雨が降り出しそうになっている。

いつものように雄一は愛子と一緒に登校し、学校に入った所で異変に気付いた。

「なんだ……これ？」

その男は上半身だけで這《は》いずっていた。下半身はない。腹からこぼれ出た紐《ひも》のようなものをずるずると引きずっている。赤黒いそれは腸だろう。その顔に苦悶《くもん》はない。何に向けられたものか、憎悪にあふれていた。

異様に手足の長い女が四つん這《ば》いで歩いている。何を探しているのか、首をぐるぐると回しながら蜘蛛《くも》のように動いていた。

頭から足だけを生やした、人間離れした形態の存在が血の足跡をつけながら歩いている。

それらの頭上には『悪霊』とあった。

確かにそれらは『幽霊』よりも凶悪《きょうあく》で邪で怪物じみて見える。

愛子が雄一にしがみついてきた。

「見えてるのか?」

だが愛子の目は黒いままだ。

「うん、秋子《あきこ》さんに頼んだら、赤目がばれないコンタクトを用意してくれて、付けてきてる」

「秋子さん何気にすげーな」

秋子は愛子の家に勤めているメイドだった。感心した雄一だが、もしかしたら吸血鬼の目を偽装する常套手段《じょうとうしゅだん》なのかもしれない。

「けど、除霊は成功したんじゃなかったのかよ……」

『悪霊』に鎖はついていない。そのためか雄一に襲いかかってくることはなかった。今のところ悪霊たちはうろうろとしているだけだ。だが放置しておいていいとはとても思えない。

だがそうは思いながらも授業をさぼるわけにもいかない。とりあえず雄一たちは教室に向かった。

授業中にもそれはやってきた。

廊下《ろうか》に面した窓をすり抜けて入ってきたのだ。瘦身長軀《そうしんちょうく》の色の白い女だった。

両目はない。眼窩《がんか》は洞《うろ》のように虚《うつ》ろだった。色の白い女のそこだけが黒い。

だがそれにとって目がないことは関係がないらしい。それは生徒の顔を見るべく腰《こし》を曲げ、食い入るようにのぞき込み言う。

『お前じゃない』

端から順に生徒たちの顔をのぞき込んでは言う。

『お前じゃない』

それはすぐに雄一の前までやってきた。

『お前じゃ――』

雄一は貫手《ぬきて》をそれの首に叩《たた》き込《こ》んだ。

それは血反吐《ちへど》を吐き散らして床をのたうちまわるが、もちろんそんなことにはほとんどの者が気付かない。

――これはちょっとまずいな……。

悪霊が活動を活発化していると雄一は考えた。

昼休みに1‐Bの教室を確認《かくにん》したが獄門美咲はいなかった。今日は休んでいるらしく、悪霊騒ぎと直接の関係はないのだろう。

放課後まで待ち、雄一と愛子は屋上に向かった。

予《あらかじ》め連絡はしておいたので、睦子は先にやってきている。

巫女装束の睦子は釜鳴神事を既に始めていた。米を入れて祝詞を唱えている。だが、前回とは異なりボーっという鳴動音がしていない。

「どうしたんだ？」

睦子のことだからやり方を間違えたということはないはずだ。

「駄目ね。あまりにも不浄な場所だと鳴らないことがあるのよ」

睦子が難しい顔になっていた。そうなると同じ方法では除霊できないのだろう。

「てか、この状況はなんなんだよ？」

黒雲が空を覆っていた。まさか悪霊の存在が天候にまで影響《えいきょう》を及ぼしたとは思えないが、不吉な予感しかしない。

「うーん、除霊で霊的空白地帯になったところに、別の霊がやってくるなんてのは定番よね！」

「定番よね！　じゃねーよ！　それだったら除霊なんてしないほうがまだよかったじゃねーか！」

『別の霊ってことだけど……さっき千恵ちゃんらしき人影を見たの、姿は変わっていたんだけど……顔に面影があったような……』

鳴らない釜に効力はないためか、奈美が近くまでやってきていた。

「話はできたのか？」

『その……どう見てもやばい感じだったし……逃《に》げてきちゃったんだけど……』

「とりあえず、片《かた》っ端《ぱし》から倒《たお》して回るか……」

結局それは新たな悪霊を呼び寄せるだけなのかもしれないが、雄一にはそれぐらいしか思いつかない。

「確認してまいりましたぞ！　睦子老師の推察通り、二階の教室にただならぬ気配を感じました！　霊力マイナス二千から三万あたりの邪悪なものどもがみちみちと詰《つ》まっておりました！」

雄一が悪霊を殲滅《せんめつ》するべく歩き出そうとしたところで、千春が現れた。相変わらず適当な数値を言っているとしか思えない。

手には巨大なコンパウンドボウを持っている。それで悪霊を攻撃《こうげき》して身を守っていたのだろう。

「なるほど！　ありがとう壇ノ浦さん！」

「どういうことだよ?」

話が見えない。雄一がここにくるまでに進展があったようだ。

「これまでの話から考えると、この学校に何かいるのではと思ったのよ。で、壇ノ浦さんには、江藤さんの落ちるラインをグラウンドから見てもらったの」

「って、壇ノ浦が言うように教室だとしたら、悪霊なんざいるわけねーだろ?」

あの手の悪霊が全く人に危害を加えないとはとても思えなかった。

「それはね。窓側からそこに行けるってことだと思うのよ。つまり、入り方の問題。方違《かたたが》えの亜《あ》種《しゅ》ってことかしら。世の中にはちょっとした陥穽《かんせい》に異世界に通ずる通路があったりするものなのよ！」

方違えは凶神のいる方角へ向かうと祟《たた》られるため、その方角に直接向かわないことで難をさけるといった儀式だ。方違えとは直接関係ない気もするが、そこへ行くために手順を踏む必要があると言いたいのだと雄一は考えた。

「そういうことなので、ゆうくんは屋上から飛び降りて二階の教室から侵入《しんにゅう》！　悪霊どもの巣に行って一網打尽にしてくるのよ！」

「多分、俺《おれ》、世界一、屋上から飛び降りてる高校生だと思うな……」

雄一はぼやいた。もちろん睦子に逆らうことはできないのだった。


夕日が屋上を照らし始めた頃《ころ》、雄一はフェンスの前に立っていた。

グラウンド側に落ちるため人に見られる可能性が高い。そのためタイミングを見計らっていた。

『今ならいけるわ！』

睦子がグラウンドの様子を見て判断したのだろう。雄一がかけている眼鏡から声が聞こえてきた。

これは愛子の兄、京夜《きようや》の事件の時にも使用したウェアラブルデバイスだ。通信機能があり雄一の視界や周囲の音を睦子へと送信している。こんなことのために持ってきたのかはわからないが、睦子の荷物に入っていたものだ。

雄一はその場で垂直にジャンプするとフェンスの上部に手をかけた。体を持ち上げフェンスを乗り越える。そのまま速やかに落下した。

グラウンドに弓を構えた千春がいるのが見える。雄一が飛び降りたのに合わせて、弦をびょんびょんと鳴らしているのが見えた。梓弓による援護射撃だ。入り口近辺にいる悪霊を追《お》い払《はら》うことになっていた。

二階の窓へはあっというまで、雄一は窓枠の上部をつかんで軌道《きどう》を変えると教室内へと飛び込んだ。

前転して勢いを殺し、すぐに立ち上がる。おそらく敵のど真ん中だ。ゆっくりはしていられない。

教室内は夕方だということを差し引いても薄暗かった。外からの光がほとんど入ってきていない。

教室内の様子は雄一が知っているものとは異なっていた。旧校舎のように木造になっているのだ。

そして風化していた。並べられた木製の机と椅子《いす》は、大半が朽ち果てている。何十年と人の手が入っていない廃墟《はいきょ》の雰囲気《ふんいき》を醸し出していた。

床には厚く灰のような埃《ほこり》が積もっている。見回してみれば、教室内は焼け焦げたような跡が目立っていた。

——やっぱりこれは異世界ってことなのか？

雄一が普段《ふだん》通う星辰高校とは関係のない場所のように思えた。

そこには青白い人影が蠢いていた。

それらは戸惑《とまど》っているのかすぐには動かなかった。まさか引きずり込みもしないのに向こうからやってくる者がいるとは思ってもいなかったのだろう。

『悪霊』

その文字を頭上に持つ人影が一斉に雄一を見ていた。

かろうじて人の姿だとはわかる。だが、それらはどこか歪《いびつ》だった。

手足がない者、目から血を流す者、巨大な者、矮小《わいしょう》な者、欠損はなくとも部分的に膨らんでいる者。

雄一は教室を見回した。

殲滅が目的ではあるが、もう一つ頼《たの》まれていることがある。天津千恵のことだ。

千恵はこの世界に引きずり込まれたはずだ。ならばどこかにいるのかも知れない。できれば救出して欲しいと奈美に言われている。

——まぁ生きてることはないんだろうけどな。

それは奈美もわかっているのだろう。

周りにいるのは『悪霊』だけだった。つまり千恵も悪霊と化しているのかもしれない。

その場合、奈美には申し訳ないが倒すしかないのだろう。

「天津千恵さん！　いるか？」

雄一は声を上げた。

『おぉぉおおお！』

それに応えるように悪霊どもが一斉にうめき声を上げた。そして雄一へとにじりよってくる。

「呼んだのはお前らじゃねーよ！」

近くにいた悪霊が雄一に抱《だ》きつくようにして襲い掛かってくる。

雄一はその顔面らしき部分に拳《こぶし》を突き入れた。確かな手ごたえと共に悪霊が吹き飛ぶ。

「殴れる相手なら全然こわくねーな！」

蹴りが悪霊を薙《な》ぎ払《はら》う。

頭部をつかみ顔面に膝《ひざ》を叩きこむ。

手を取り、肘《ひじ》を砕き、ねじり上げるようにして床へと叩きつけた。

雄一は襲い掛かる悪霊をあしらいながら千恵を捜し続けた。

＊＊＊＊

「なんなんですかね。もう無茶苦茶ですよね」

呆《あき》れたように愛子は言った。

雄一の無茶苦茶ぶりに慣れてはきたが、それでも悪霊とやらを素手《すで》でぶちのめしているのを見るとさすがにそう言いたくもなってくる。

屋上の隅《すみ》で愛子は、睦子が持つタブレット端末の画面を見ていた。

「あぁ！　見えないのが残念で仕方が無いわ！　廃墟っぽい異世界は見えているのに、悪霊の姿が見えないってどうなってるのよ！」

睦子は悔しげにしているが、愛子の眼には悪霊の姿が見えていた。ディスプレイ越しでも見えるものらしい。

愛子は見えているものを睦子に解説した。

「要はイメージの問題なのよ。つまり相手の姿を正確にとらえて、それが殴《なぐ》られて歪んだり吹《ふ》き飛《と》んだりする様をありありと想像する。それが出来るなら幽霊の相手なんてなんでもないわ。基本的に生きている人間の方が強いんだから」

「心の持ちようみたいな話なんでしょうか」

「そう！　これは言わば精神戦なのよ！　そして精神戦ならゆうくんにかなうものなんていないわ！　ゆうくんはへらへらしてるように見えて、負《ま》けず嫌《ぎら》いで、自信過剰で、傲慢なんだから！　自分が負けるなんてかけらも思ってないの！」

実の姉によるひどい言いぐさに、愛子は少し同情した。

「その、殴れるっていうのはわかったんですけど、それよりもですね、幽霊の攻撃が坂木くんにあたらず素通りしてるのはなぜなんでしょうか」

それが愛子には不思議だった。雄一の攻撃が通用するのはわかったが、悪霊の攻撃は雄一に通用していないのだ。

「それもイメージの問題なの。つまり！　そんな攻撃効かないもんね！　幽霊なんているわけないだろ、と思えば効かないの！」

「なんというのか、ずるい……と思うのは私だけですか？」

つまり雄一は殴る瞬間《しゅんかん》だけ幽霊の実在を信じてイメージし、攻撃をくらう時には幽霊の存在を拒否《きょひ》し無効化しているということらしい。

「まぁ、いつもは逆なんだからたまには幽霊も同じ目に遭えばいいと思うわ！」

一般的《いっぱんてき》なイメージは睦子の言うように逆だろう。幽霊が危害を加えてきたとしても、人間の攻撃は素通りして通じないようなイメージがある。

「けど問題は千恵ちゃんがどこにいるかなのよね。江藤さんわかるかしら？」

睦子がそのあたりの空間に適当に声をかける。

愛子の眼に見える奈美が画面の隅を指差した。

「坂木くん！　そこから右の奥《おく》！　右端の前から二番目あたりの席に千恵ちゃんが！」

愛子はタブレット端末に向かって話しかけた。

＊＊＊＊＊

だが愛子の指示を聞くまでもなかった。

雄一はあらかた悪霊を倒してしまったからだ。

右端の前から二番目の席。そこには最初からじっと動かず、座《すわ》ったままの少女がいた。

頭上には『悪霊』とあるが、星辰高校の女子制服を着ている。他に同じような姿の者はいなかったので、これが千恵だろう。姿が変わっていたと奈美は言っていたが、姿がどこかぼんやりとしているぐらいで、特におかしな点はない。

雄一は千恵のもとへ歩いた。

「天津さんか？」

『誰《だれ》？』

千恵は前を向いたままだった。雄一と目を合わせず、どこか虚ろな声を返す。

「坂木雄一って言うんだ。江藤奈美さんに頼まれて、助けに来た」

『奈美……江藤……奈美……』

「そうだよ。覚えてるか？」

千恵はぶつぶつと心ここにあらずという様子で、正気を保てているのかと雄一は不安になった。悪霊と化すぐらいなので、生前の記憶があるのかも怪《あや》しい。

『奈美……そう……あいつのせいで……私は……殺しておいてのうのうと……』

「天津さん？」

千恵が初めて雄一を見た。微笑を浮《う》かべている。感情の見えない、貼り付けたような笑《え》顔《がお》に雄一はぞっとし、飛《と》び退《の》いていた。

一瞬《いっしゅん》遅《おく》れて横殴りの攻撃が顔をかすめていく。千恵の両腕《りょううで》は机の上に置かれたままだ。だが三本目の腕《うで》が雄一を捕らえるべく伸びていた。そして腕は四本、五本と増えていく。

頭上の文字は『外面菩薩《ぼさつ》』に変化していた。

「菩薩っていうよりは、阿修羅《あしゅら》って感じだな」

以前の雄一ならば躱《かわ》せなかったかもしれない。だが化け物の類との戦闘経験が雄一を成長させている。突然《とつぜん》に腕が増えるぐらいのことは対応可能だった。

『そうね。あなたが何者かはしらないけれど、とりあえずあなたの首を奈美に贈ることにしましょうか』

変わらない笑顔で千恵が言う。理性は残っているようだが、それは狂気《きょうき》に囚《とら》われていた。

＊＊＊＊＊

愛子たちはグラウンドに向かっていた。

「どんな化け物が相手だったとしても、恐怖《きょうふ》したり、絶望したり、怯《おび》え竦《すく》んだりすることがない。まず考えるのはそれをどう攻略《こうりゃく》するか？　そんな風に私はゆうくんを作り上げたわ！　そしてそれは完成に向かいつつある！」

相変わらず睦子は非人道的なことを言っている気がするが、そんなことにも慣れてきている愛子だった。

「この調子なら間に合いそうね」

付け加えるように睦子がぼそりと言ったのだが、愛子にははっきりと聞き取れなかった。

グラウンドに出て、千春と合流する。

「状況はどうなっているのですか？　中にいる者の数値が消えているのでおそらく坂木雄一が勝っているとは思うのですが。し、心配なんかしてないんだからね！　奴《やつ》を倒すのは私なんだからってことだけなんだからね！」

「なんで、いきなりツンデレ兼、ライバル風味なの……」

愛子は千春にやんわりとツッコんだ。

「そうね、今はラスボスと決戦中？　というか、千恵ちゃんがラスボスってのも困ったものね。助けるとかって話はどうなったのかしら？」

『その……さすがに、ああなっちゃってると助けてくれとも言えないです……』

いつの間にか隣にいた奈美が小さな声で言った。

タブレット端末の画面の中では雄一が戦っていた。

「あの、悪霊に同情しちゃうのは私だけですか？」

「うむ、これはちょっと引くな」

雄一はちぎりとった千恵の腕で、千恵を殴りつけていた。千恵は相変わらずアルカイックスマイルを浮かべているのだが、その顔はどこか引きつっているようにも見える。

千恵は次々と腕を生やしては、雄一に襲いかかっているのだが、雄一はそれに真っ向から立ち向かっていた。

殴りつけてきた腕を逆に殴りつけて消し飛ばし、引きちぎっては投げ捨てる。

そんなことを何度か繰り返すうちに、千恵は怯え後ずさるようになっていた。

雄一はそのまま威圧するように千恵を追い詰める。

そして窓際《まどぎわ》まで来たところで、千恵の鳩尾《みぞおち》を容赦なく蹴りつけた。人間なら確実に死んでいるのではないかという勢いだ。

「あっ」

愛子は二階の教室を見上げた。

窓ガラスが割れて、千恵が落ちてくる。続けて雄一が千恵を踏《ふ》みつけるように落ちてきた。

『ぐえぇぇぇ！』

女子が出《だ》してはいけないような絶叫を千恵は上げた。張り付いたような微笑は崩れ、その顔は絶望と恐怖に彩《いろど》られている。

『千恵ちゃん！』

見かねたのか、奈美が駆《か》けだし千恵に覆い被さった。そして雄一を睨み付けて言う。

『もうやめて！』

「えーと……天津さんを助け出してきたよ？」

困ったような顔で雄一が言う。

「坂木くん……今の今まで、助けに行ったってことすっかり忘れてたよね？」

「坂木雄一……さすがにそれは無理筋ではないか？」

愛子と千春は呆れながら言った。

『奈美……どうして……私を殺したんじゃ……なんで助けに……』

『違うよ！　私も落ちて死んじゃったの！　あれは事故だったのよ！　だから誰が悪いわけでもないの！』

『奈美ちゃん……』

千恵は力なく応《こた》えた。その姿は薄くなりゆっくりと消えようとしている。

『千恵ちゃん、ごめんね。落ちちゃって、ごめんね！　助けられなくてごめんね！』

『ううん、私こそごめんね、奈美ちゃんを勝手に恨んで、こんな姿にまでなって……』

『ねぇ！　どうして千恵ちゃんが消えかかってるの!?』

奈美が雄一に問いただす。

「いや、そんなこと言われてもな……」

雄一はどう反応していいのか困って微妙《びみょう》な顔になっている。消えるのは雄一が攻撃したからだろうが、この状況になるまで説得に応じはしなかっただろうし、奈美と和解などできなかったはずで、これはなるようにしてなったことだろう。

「それはやっぱり成仏《じょうぶつ》しようとしてるからじゃないかしら？　悪霊と化していたわけだけ

ど、奈美ちゃんへの恨みが解消されたんだから、自由になった今消えようとしているってとこかしら」

『千恵ちゃん……だったら私も一緒《いっしょ》に行くから……私の心残りも千恵ちゃんのことだけだったから……』

そう言うと奈美の姿も薄くなっていく。

抱き合う二人の姿は同時に消えていった。

＊＊＊＊

翌日。

星辰高校はすっかり元通りになっていたが、おかしくなっていたことに気付いていたものはそういなかったので、ほとんどの生徒たちにとっては何も変わりはないのだろう。

それは霊能力者であると祭り上げられている高須玲子にとっても変わらないようで、彼女も昨日、校内に悪霊共がのさばっていたことなど全く気付いてはいないようだった。

「坂木くん、その後調子はどうかしら？　もうあまり時間は残されていないと思うんだけど？」

「うーん、まぁ体調はいいから、高須さんの世話になる必要はないかな？」

放課後、愛子とともに歩いていると廊下で高須玲子と出くわした。

玲子はいつものように取り巻きを引き連れている。昨日はいなかった獄門美咲もそこにいた。

美咲は顔色が悪く、ふらふらとしたまま立っていた。昨日は体調不良で休んでいたらしいので、まだ体調が思わしくないのだろう。

「そう。ならいいけど」

玲子は自信にあふれていた。これまでの様に、自分が宣告した相手は必ず最後には頭を下げる。そう思っているのだろう。

玲子たちが通り過ぎていく。

そこで雄一は裏拳《うらけん》を放った。鉤手《かぎて》を作り、手の甲《こう》で美咲の背後を打つ。

『悪霊』が頭部を消し飛ばされて霧散していった。美咲から伸びていた鎖も同時に消えていく。雄一は霊を見ることはできても、霊を捕らえていない状態の鎖までは認識することができないらしい。

美咲の体調不良は『悪霊』のせいだろう。鎖で捕らえることはできても制御しきれず、悪霊に取り憑《と　つ》かれていたらしい。

——とりあえずはいいとしても、今後また同じことになる可能性はあるよな……。

美咲にはどうにかして『降霊士』としての能力を制御できるようになってもらわなければならない。それは玲子と決別することを意味するのかもしれないが、そこまでは雄一の知ったことではない。

「ねぇ。もしかして私にも悪霊退治とかできるのかな？」

突然、愛子が期待に満ちた目で聞いてきた。

「うーん、やめておいた方がいいんじゃないか？　野呂にも見えるみたいだから、やれないことはないと思うけど、霊の影響をもろに受けそうな気がする」

少し考えて雄一は言った。悪霊の存在を認めてしまうということは、それによる悪影響も認めてしまうということだ。確実に倒せるというイメージを構築できないなら、下手なことはしない方がいいだろう。

そんなことを話しているうちに校舎の出入り口に二人は到着《とうちゃく》した。

「おう！　坂木雄一ではないか！」

楽器ケースを背負った千春が声をかけてきた。

「なんで、たまたま会いました、みたいな態度なんだよ、約束してただろうが」

念のため校内を見回るという話になっていて、ここで待ち合わせていたのだ。

三人で校内を一通り巡ったが、特に異変はない。最後に雄一たちは屋上へと行くことにした。

もうここから落ち続ける哀れな霊はいない。そう思ってやってきたのだが、意外な人物がそこで待っていた。

『悪霊』の天津千恵だ。

「……なんでお前がいるんだよ……」

『えー！　それはなんていうかぁ、カルマ溜《た》め込《こ》みすぎてすんなり成仏できなかったっていうかぁ。新たに心残りが出来たっていうかぁ？』

「江藤さんは成仏できたのか？」

『うん。天国っていうのか浄土っていうのか知らないけど、昇っていったね。奈美は別に悪いことしてなかったわけだし。私は追い返されちゃったけど』

「てことはだ。俺が殴り飛ばした悪霊どもって成仏してないのか？」

『そうね。散った、って感じかな。そのうち元《もと》に戻りはするけど、ここにはもう二度とやってくることはないでしょうね。だって雄一くん怖《こわ》いんだもん』

「じゃあなんでお前はここに戻ってきたんだよ？」

『ねぇ？　たとえ幽霊だとしても触れるんだから何も問題はないと思わない？』

「は？」

話が見えなかった。

『私、恋人出来る前に死んじゃったからさ、なんか損した気分なのよ。ちゃんと青春してなかったのよね。やっぱり女子高生としてはそのあたり一通り経験しときたいじゃない。で、ここに幽霊でも問題なく触れる男の子がいるわけでしょ？　丁度いいんじゃないかなあって』

「駄目《だめ》に決まっておろうが！　なんだったら我が消滅させてやろうか！」

千春が叫ぶ。そして背負っていた楽器ケースからいそいそと弓を取り出し始めた。

「坂木雄一は我のハーレムの一員なのだ！　悪霊なんぞに渡《わた》してなるものか！」

「いつ、俺がお前のハーレムメンバーになったんだよ……」

千春がびょんびょんと弓を鳴らし始める。見えない矢が乱れ飛ぶが、千恵はそれをあっさりとかき消していた。悪霊のボスをやっていたぐらいなので力は持っているのだろう。

「くそっ！　しかし、お主キャラが変わり過ぎではないか!?」

攻撃が通じないためか、どうでもいい部分を千春は責め始めた。

「坂木くん……やっぱり武内《たけうち》さんが言ってたみたいに、倒した相手が仲間になるとかっていう能力が……」

愛子が眉《まゆ》をひそめている。

「ねえよ！　いや……ないと思いたい……」

ないとは言い切れない雄一だった。

悪霊

エピローグ『主人公』

布団の上で何かがもぞもぞと動いている。

武井亮磨《たけいりょうま》はその感触《かんしょく》で目覚めたが、再び惰眠を貪ろうとしていた。

大して重くはない。乗っていたからといってもまだどうにか寝《ね》ていられるぐらいの重さだ。

まだ寝ていても大丈夫《だいじょうぶ》だ。亮磨は布団を頭までかぶって現実から逃避することにした。

「お兄ちゃん起きてよ！」

それはばしばしと布団の上から亮磨を叩き始める。さすがにこれでは寝ていられない。

説得する必要があるだろうと、亮磨は布団から顔を出した。

丸く大きな目が亮磨を見つめている。長く艶やかな黒髪《くろかみ》を頭の左右でくくり、中学校の制服を着た少女は亮磨の妹、汐里《しおり》だった。

「妹よ……兄がまだ寝ていたいというのは、これまでの態度で十分にわかってもらえるかと思っていたのだが？」

「時計見てよ！　遅刻しちゃうよ！」

汐里が壁掛け時計を指差す。

「遅刻か……俺の長い人生の中で、一度や二度遅刻したぐらいどうってことないとは思わないか？　大丈夫だって。汐里は先に――」

「こら亮磨！　汐里ちゃんを困らせるんじゃない！」

ドアを開けて現れたのは隣《となり》の家に住む少女、森川美緒《もりかわみお》だった。長い黒髪を後ろで一つに束ねている。ツリ目がちな表情は気の強さを表しているようで、亮磨は苦手だった。

幼なじみだ。同じ高校でクラスまで同じ。腐れ縁というやつだろう。

「今月に入ってから何回遅刻してると思ってんの⁉　いい加減にしてよね！」

「……俺が遅刻しようとしまいとお前に関係ねーだろーが。お前は俺の母親かよ」

「な⁉」

亮磨は上体を起こした。美緒がきてしまった以上ここでごねていても無駄《むだ》なのだろう。

それにすっかり眠気は覚めてしまった。

亮磨は二人を追い払うように手を振《ふ》った。

「ほら、着替えるんだから出て行けよ」

二人は渋々《しぶしぶ》といった様子で部屋から出て行った。

「最近、俺は学校に行く必要があるかについてマジで検討する必要があるんじゃないかなぁと思ってるんだけど……」

亮磨は実に忙しかった。寝たのは朝の四時頃なので、確実に睡眠不足だった。

だがそうは言ってもいきなり学校に行きたくないだとか言い出せば、姉や妹は心配するだろう。どうにか時間はやりくりするしかない。

亮磨は着替えて朝食を食べるべく、キッチンに向かった。

そこでは姉の琴里《ことり》が食事の準備をして待っていた。

美緒もなぜかテーブルに着いていて不機嫌《ふきげん》そうにしているが、琴里はいつものように温和な笑顔を見せている。

武井家の両親はそろって海外に出張しているので、子供たち三人だけで暮らしている。琴里は母親の役割を代行しているのだ。

琴里の顔をみていると、やはり心配させたくないという気持ちがわき上がってくる。

手早く朝食を食べると亮磨は、急かす美緒に追い立てられるように学校に向かう。彼《かれ》にとっていつもの朝の光景だった。

いつもの朝から始まって、いつもの授業をこなし、亮磨は家に帰ってきた。

いつものように部屋に戻り、特に何もないならしばらく寝ていようと考えていたが、いつものようにイベントは亮磨を放って置いてはくれない。

部屋の中に見知らぬ少女がいたのだ。

色あせたドレスを着た赤い髪《かみ》の少女が、机に腰掛《こしか》けて我が物顔で文庫本を読んでいた。

亮磨はため息をついた。鞄《かばん》をそこらに放り出して、勢いよくベッドに腰掛ける。

「おや？　あまり驚《おどろ》いた様子がないね？」

少女は本から目も上げずに言った。

「まあな。こちとらこんな経験はくさるほどあるんだ。何人空から降ってきたかもう覚えてもいないし、テレビやパソコンや本から出てくるなんてのもある。最近だと地面から生えてきたなんて女の子もいたな。それに比べりゃ家に帰ってきたら、見知らぬ女の子が本を読んでました、なんて普通《ふつう》すぎるだろ」

「なるほどね。それでこそボクが見込んだだけのことはある」

「言っとくがボクっ娘《こ》なんて珍《めずら》しくもねーからな？　で、なんの用だよ？　見たところ異世界系っぽいな？　また異世界で魔王を倒せってか？　それとも宇宙戦争を止めろとか？　ＶＲＭＭＯでデスゲームなら今やってる最中だから、今度にしてくれよ」

「その辟易《へきえき》したような態度が君の数多《あまた》の経験を物語っているということかな？　でもちょっと待ってくれないか。説明はこの本を読んだ後にするからさ」

「……あー、そのパターンは初めてだわ……大体の奴はこっちの都合も聞かずにいきなり助けを求めるとか、そんなのばっかりだったけど、そっちからやってきたくせに説明そっちのけで読書を楽しんでるってのはな」

嫌《いや》みったらしく言ってみたが少女はどこ吹く風という態度だった。

亮磨はしばらく待った。

やがて少女は本を閉じた。

「雄一《ゆういち》くんはやっぱり面白《おもしろ》いな。異常な日常か。確かにそんな感じではあるね。で、なんだったっけ？」

「用がないなら帰れよ」

「冗談《じょうだん》だよ。ボクの名前はエンデ。君を誘いに来たんだ」

「何に、だ？　こっちは忙《いそが》しいんだ。急にこられたって、対応できねーよ。後がつかえてる。ウェイティングリストに名前を書いて帰ってくれ。順番が回ってきたらまた相手してやるよ」

「それなら大丈夫だ。あらかた話は進めておいたからね。君がやるべきことはもうない。

これから先しばらくは暇なはずだからボクの相手をしてくれよ」

「ん？　どういうことだよ？　話は進めておいたって」

「君抜きで話を進めたんだよ。だから大体はバッドエンドだ。ご愁傷様」

「は？」

亮磨にはエンデが何を言っているのかが理解できなかった。

「ほら、確認《かくにん》してみるといい」

そう言ってエンデは机の上にあったフルフェイスヘルメットの形状をした、ＨＭＤ《ヘッドマウントディスプレイ》を投げつけてきた。

亮磨は慌《あわ》ててそれを受け取った。

これはある日突然送りつけられてきたものだ。ＶＲＭＭＯのテストプレイ用だと同封の手紙には書いてあり、まさかと思いつつも装着してみれば確かに五感を全《すべ》てゲーム内に投影することができた。

亮磨はＨＭＤを装着しゲームを開始した。

目の前には廃墟のごとき世界が広がっていた。人っ子一人いない。

このゲーム内で死ねば本当に死ぬとのことだった。ログアウトが不可能というわけではないが、それにはイベントアイテムが必要で、それはそう簡単に手に入る物ではない。

何が起こったのかはわからないが、全員がログアウトできたとは考えにくかった。

ログアウトし、HMDを外した亮磨はエンデを睨み付けた。

「別にボクがやったわけじゃないんだから、そう睨むなよ。ただ君がいない間に話が進んだだけだ。そんな可能性は当然あるだろう？　なんで君がいない間はイベントが起こらないなんて思ってるんだ？」

そう言われて亮磨は、自分が全てを解決するのが当たり前だと思い込んでいたことに気付いた。

「さて、この後の交渉をどう進めるかは君の反応次第なんだが……大して怒《おこ》ってはいないようだね？」

「まあ、な。なんてのか、もう麻痺《まひ》しちまってるというのか、またかよ、と思いながらやってた部分はあった。俺が何かを失敗した結果ってならもうちょっとなんか違《ちが》ったのかもしれないけど、何かほっとした気分もある」

それは本心だった。際限なく何かに巻き込まれ続け、その全てが自分の両肩にのし掛かってくる。最近では惰性でこんなことを続けていたし、どうせこの運命から逃れることはできないと諦《あきら》めていたのだ。

「なるほど。なら、そんな君に朗報だ。ボクを手伝ってくれたら、君をその運命から解放してあげよう。ボクがこれから参加しようと思っているのは、神器争奪戦だ。全てをそろえると邪神《じゃしん》がどんな願いでも叶《かな》えてくれる。君がこんな人生は止《や》めにして、普通に生きたいというならその程度の願いは造作もないことだろう。もちろん、他に望むことがあるのならそれを叶えてもいい」

「わざわざ俺《おれ》に声をかけてきたのは、その、俺の体質のせいなんだろ？　あんたはそれをわかった上で誘っている気がする。だったら知ってるんじゃないのか？　俺のこれはなんなんだ？」

それとかこれとか曖昧《あいまい》なもの言いになってしまうが、亮磨はこれまで様々な事件に巻き込まれてきた。最初は偶然なのかと思っていたが、あまりにも続きすぎてそこになんらかの意図や意思を感じずにはいられなかった。

「そうだね。君の力を借りたいから声をかけた。簡単に言うと君は『主人公』なんだよ。ま、主人公にも色々あって『ギャルゲ主人公』だの『エロゲ主人公』だのあるんだけど、君はその中でも汎用的で抽象的な『主人公』だ。君は様々な物語を引き寄せるし、物語に組み込まれてしまう。そして君には物語を最後まで導く力がある」

「主人公……」

そう言われて腑《ふ》に落ちた。人はそれぞれ自分の人生の主人公ではあるだろう。だが、そういう意味ではなく、劇的な筋立てのある物語の主人公だと言っているのだ。亮磨はこれまでにそんなことを考えたことはなかった。心のどこかでそれは傲慢な考え方だと否定していたのだろう。

「ボクも参加するからには勝ちたいと思っているんだよ。だから勝つための手駒として何がいいかと考えたんだけど……やっぱり『主人公』だと思い至ったわけだ。物語の結末なんてのは極論、作者の都合だ。だけど『主人公』がいるなら、それは『主人公』にとって都合のいい結末ということでもある。つまりだ。君の、君にとって都合良く話を進めてしまう力、ご都合主義的な力、つまり主人公補正の力を借りたいんだよ」

「主人公補正ってなんだよ」

「例えばそうだな、銃撃戦で弾がなぜか当たらなかったり、強敵を前に都合良く新たな力に目覚めたり、絶体絶命の場面で仲間が助けに来たり、初めて乗るロボットを何故か操縦できたり、旅行に行けば嵐に閉じ込められて殺人事件に遭遇したり、そこらの武器屋で手に入れた武器が伝説の魔剣《まけん》だったりとか、そんな感じと言えばわかってもらえるかな？」

亮磨にはすべて心当たりがあった。そんなものだと思っていたが、これらは全て主人公補正と呼ばれる力のおかげだったらしい。

「で、どうだろう？　ボクに協力してくれないかな？　願いの他にも報酬が必要なら言ってくれ。現実的な範囲《はんい》でなら支払うことはできるだろう」

「いいぜ。のってやるよ。それでまっとうな人生が送れるようになるってならな」

亮磨は神器争奪戦の内容を聞きもせず、二つ返事で引き受けた。

エンデの提案は、他の何よりも魅力的なことだと亮磨には思えたのだった。

あとがき

とうとう五巻目です。

どこまで続けられるものかと思っていたのですが、案外やれるものですね。

今巻は少し変則的な構成になっています。四巻の続きの日常話集となっておりまして、各話はゆるく繋がりながら進んで行き、六巻に続くような感じです。

短編の場合は、どういうわけか各話の解説をするものという思い込みがありますのでちょっとやってみます。軽いネタバレがありますので、これ以降は読了後にお読み下さい。

・ラノベ会議
織原さんの状況と作者の状況には一切関係がありません。最近は新作ラノベがあまり売れないそうですので、売れそうなのを考えるという話です。

・ひのえんま

今では丙午だから子供を産まないでおこうなんてことはないはずですが、ちょっと前までこんな迷信がまかり通っていたというのは興味深いですね。

・壇ノ浦千春の挑戦
壇ノ浦流弓術の設定を考えるのが楽しかったです。全てを出し切ってはいませんので今後また登場する機会があれば披露したいです。

・ミカちゃん
都市伝説のメリーさんネタです。かなり使い古されているとは思うのですが、終盤の展開がやりたかっただけです。

・妖怪お気に入り外し
オオサキの説明が面白かったので覚えていたのですが、それとネットスラングとしての「お気に入り外し」をくっつけてみました。現代妖怪ものって感じですね。

・もてもてよりちゃん

よりちゃんはすごいもてるよ！　というだけの話のつもりだったのですが、また雄一が暴れてるだけの話になってしまったような……。

・幽霊

釜鳴神事をやったラノベは初かな？　と思っているのですがどうでしょうか？　式次第を多少簡略化はしていますが、大体こんな感じのようです。

では謝辞です。

担当様。毎回毎回ギリギリ（……で済んでいるのかどうか）で申し訳ありません。

イラスト担当のＡｎ２Ａ様。今回も素敵なイラストありがとうございました。とうとうよりちゃんが表紙ということで嬉しいです。

では、また次巻で！

藤孝　剛志

ファンレターのあて先　ご意見、ご感想をお寄せください

〒151－0053　東京都渋谷区代々木2－15－8
(株)ホビージャパン　HJ文庫編集部
藤孝剛志 先生／ An2A 先生

HJ文庫 571　http://www.hobbyjapan.co.jp/hjbunko/

姉ちゃんは中二病5
最強な弟の異常な日常!?

2015年3月1日　初版発行

著者――藤孝剛志

発行者―松下大介
発行所―株式会社ホビージャパン

〒151-0053
東京都渋谷区代々木2－15－8
電話　03(5304)7604（編集）
03(5304)9112（営業）

印刷所――大日本印刷株式会社

装丁――AFTERGLOW／株式会社エストール

ISBN978-4-7986-0976-8　C0193

天然で、何を考えているか判らない
黒髪の美少女パエリア。
彼女は、
ぶっちぎり最強の
大魔王だった!?
大魔王が倒せない
Nobody beat DAIMAOH!
3月13日
2巻発売
!!!
1 大魔王 対 大魔導師
2 大魔王 対 勇者
藤孝剛志
Tsuyoshi Fujitaka
イラスト・瑚澄遊智
Yuuchi Kosumi

勇者や神官や魔法使い、
そして魔族と悪魔。
藤孝ワールドの原点が、
華麗なる絵師・瑚澄遊智との
コンビで書籍化。
web連載版から大幅に加筆、
美少女大魔王、快進撃です!!!
2巻では
デデスコさんも
登場です！
「小説家になろう」発、大人のエンターテイメント。
EARTH STAR NOVEL